COLLECTION
L'IMAGINAIRE

Robert Desnos

La liberté
ou l'amour !

SUIVI DE

Deuil pour deuil

Gallimard

Robert Desnos est né le 4 juillet 1900, à Paris, dans le quartier de la Bastille. Après des études médiocres, il est employé comme commis, en 1916, chez un droguiste de la rue Pavée, dans le Marais. Il écrit ses premiers poèmes en 1918. En 1922, il entre dans l'équipe surréaliste de *Littérature* et devient le principal animateur des expériences du « Laboratoire de recherches surréalistes » de la rue de Grenelle. Il rompt avec André Breton et son école en 1930. Il fait alors du journalisme, de la radio, du cinéma. Dans ces diverses activités, il reste le poète qui, en dehors de toute doctrine, puise en lui-même les mots et les images. Desnos peut avoir recours au rêve, à l'inconscient, à l'automatisme, ou au contraire aux règles rhétoriques de la poésie classique : il ne ressemble jamais qu'à lui-même. Et l'on retrouve toujours l'humour, le goût du jeu, l'obsession de l'érotisme, la tendresse.

Arrêté et déporté en 1944, Robert Desnos est mort du typhus, au camp de Terezín, en Tchécoslovaquie, au lendemain de sa libération par les troupes américaines, le 8 juin 1945.

A la Révolution.
A l'Amour.
A celle qui les incarne.

*La liberté
ou l'amour!*

« LES VEILLEURS »
D'ARTHUR RIMBAUD

Que, dressés sur la côte équivoque, anguleuse,
Les phares délateurs de récifs écumants
Pour les mâts en péril aient des lueurs heureuses,
S'ils n'ont su la raison de ces crucifiements.

Ils enverront longtemps à l'horizon fragile
L'appel désespéré des Christophe Colomb
Avant que, répondant à leur prière agile,
Quelque sauvagerie y marque son talon.

Et que, pilote épris de navigation
Dont le sillage efface aux feux d'un soleil jaune
Ton sillage infamant, civilisation !
Un roi nègre, un beau jour, nous renvoie à la faune.

Nous avons trop mangé de poissons hystériques
Dont l'arête, imprimant les stigmates aux mains,
Nous fit rêver parfois de rencontres mystiques
Quand nos ventres repus souffraient sur les chemins.

Nous dormirons durant des nuits, face aux feuillages,
Avec l'apaisement de la brutalité,
A moins qu'un rêve frêle, en ridant nos visages,
Ne tende nos jarrets vers une autre cité.

L'étoile qui guida les marins secourus,
Vieux loups dont la moustache accrochait les orages
Dans le rayonnement des astres apparus,
Voici longtemps lassa notre fiévreux courage.

C'était bon quand un mage au chevet des gésines,
En s'écroulant parmi la paille et les tissus,
Proclamait en tremblant des naissances divines
A briser sur nos poings nos orbites déçues.

Ah ! c'en est trop, croulez murailles et parvis !
Étoile ! C'était bon quand les voiles geignantes
Vers des fleuves rocheux, de morts inassouvis
Portaient les conquérants aux gencives saignantes.

Mais nous dont les orties et les hautes ciguës
N'ont pas léché la peau ni mordu l'estomac,
L'étoile c'est, au sein des villes exiguës,
Une croisée au soir tremblant comme un hamac.

C'est la lampe allumée et qu'on voit de la rue
Silhouetter un sein sur les plis du rideau,
Encore que souvent éclatante et bourrue
Une voix ait brisé notre rêve en fardeau.

Ah ! Quand la fusillade éclose aux carrefours
Laissait quelque répit au cœur des Enjolras,
Émus et repensant aux soupers chez Véfour,
Aux mansardes des toits ils donnaient un hélas.

Nous avons joué sur ces marelles de lumière
Clignant d'un œil et dérangés quand les échos
Retentissaient du bruit lourd des portes cochères,
Quand des fiacres passaient cachant des caracos.

Désespérés quand un amour entre nos mains,
En imitant le jeu des glissantes couleuvres,
Nous laissait sans égard au bord des lendemains
Sots comme un marguillier pleurnichant au banc
[d'œuvre,

Écœurés et doutant de notre vigueur mâle,
Pour étreindre ton corps consolant, ô fiction,
Nous avalions jusqu'à l'euphorie animale,
Obstinément, tel philtre vert, sans conviction.

Surmonté, le chagrin s'avéra plus tonique
Que la mauve des bois et le chaud quinquina,
Chacun de nous gagna son enfer platonique,
Nu jusqu'au cœur qu'un tigre étrange assassina.

Nous dont les dents d'acier triomphaient du scorbut,
Et broyaient des louis d'or, nos mâchoires prognathes
Cédèrent à rêver des ascensions sans but,
Et du sang colora nos lèvres scélérates.

O femmes entrevues courbant vos omoplates,
Posant le corset rose auprès du pantalon,
De quels baisers se fleurissaient vos gorges plates
Quand la nuit, sur nos pas, lançait des étalons.

Silence, enfants criards! souvenirs moutonnants
Plus nombreux que les flots roulant au pied des dunes :
Nous avons mené loin ces lâches ruminants
Dont la corne au futur simulait la fortune.

Allez-vous-en, bâtards! Don Juan pris d'emphysème,
Voyez nos doigts sont gourds et nos muscles étroits
De supporter la vie érigée en système,
Nos pieds sont fatigués de passer les détroits.

Et maintenant, fuyant les lacs des réverbères,
Nous demandons aux pavés clairs remplis de bleu
De rendre à nos désirs une vigueur pubère,
Car notre cœur s'endort comme un matou frileux.

Chemins de fer en vain hurlez-vous à nos trousses,
S'il le faut nous vivrons en foule, aveugles, sourds,
Sans regretter les parfums fauves de la brousse
Ni le clapotis noir des requins en amour.

Que la ville endormie ait de longs cauchemars
Issus du fond des cœurs en blanches théories.
Quelle nuit portera ses pinces de homard
A nos yeux, quel volcan lancera ses scories ?

Habitants plus perdus dans ces mornes faubourgs
Qu'au fin fond de l'Afrique un zouave en sentinelle,
Nous avons dans la gorge un râle de tambours
A chasser les bourgeois tremblant dans la flanelle.

Nous évoquerons pour nos pupilles en sang
Le défilé lointain de leurs gardes-barrières
Dépoitraillés, bavant d'ennui, l'œil indécent
Quand la locomotive entrouvrait ses paupières.

Villageois arrêtés au passage à niveau,
Vos poings se sont tendus vers les wagons sonores.
Restez là-bas avec les femmes et les veaux,
Et l'église imitant en vain les sémaphores.

Est-ce que l'incendie n'étreindra pas ces pierres,
Les églises voûtées ainsi que des perclus ?
Impitoyablement de nouveaux Robespierre
Leur rendront-ils la vache et les ânes élus ?

Cette flamme qui veille à l'entour des ciboires
Grandira-t-elle et, pourléchant les saints mafflus,
Au bruit des trompes des pompiers, joyeuse foire,
Détruira-t-elle enfin les trois dieux révolus ?

Bras en croix, c'est en vain que tu roidis ton corps,
Christ ! tu n'as jamais vu les algues vénéneuses
Former une couronne au front des poissons morts
Et panser des noyés les blessures vineuses.

Dans la ville où le gaz amoureusement chante
Aux lumières des bals, où, robustes, les gars
Ajustent leurs baisers à des bouches méchantes,
Ton église subit de merveilleux dégâts.

C'est alors que dressant des baraques en planche,
Surgit le peuple effrayant des veilleurs de nuit.
Ramassés et poussifs, par instants, ils déclenchent
Un orage de toux pour peupler leur ennui.

Ils chauffent leurs doigts morts aux rouges braseros
Et leurs yeux satisfaits contemplant les décombres,
Ils se demandent, frissonnants, si les héros
Selon Homère auraient vaincu les rats sans nombre,

Et sur les pans de mur où le vent froid se joue,
Où subsistent parfois des lambeaux de papier,
Ils revoient les amants dormant front contre joue
Et comptent leurs amours comme font les fripiers,

Qui pêle-mêle ramassant soie et coton
Étudient au matin leurs récoltes nocturnes.
Puis, si la neige mord leur face de carton,
Ils battent la semelle en rêvant aux cothurnes.

Ils somnolent, le nez bouché de tabac sale,
A l'heure où, chaude haleine entre les soupiraux,
Le parfum du pain frais dans le brouillard s'exhale,
A l'heure où, dans leur lit, s'éveillent les bourreaux.

Quand les valets suant une aube criminelle
Au fond des boulevards dressent les échafauds,
Quand l'œil vif et les mains pétrissant des mamelles,
Nous évoquons l'amour et la mort en défaut.

Eux vautrés, avachis devant les braises mortes,
Ils regardent surgir des brumes le matin,
Les laitiers vigilants aller de porte en porte,
Et les sergents de ville emmener les catins.

Non, ce ne sont pas là nos lyriques veillées
Car les vampires de minuit cernent nos yeux,
Le sang rougit nos pommettes émerveillées,
Nos bouches ont saigné sous des baisers soyeux.

Nous la foule attendant autour des guillotines
La révélation des nouveaux Golgothas;
Nous que l'amour avec des cordons de courtines
Lia, nous dont les noms insultent les Gothas;

Nous qui frappons joyeux les porteuses de perles
A coups de poing, au creux du dos, à l'Opéra;
Nous, maîtres naufrageurs dont les flots qui déferlent
Ont savouré la chair; nous dont le choléra

Dispersa les amours; nous les plongeurs sacrés
Des bancs d'huîtres perdus au fond des mers sanglantes,
Coupeurs d'amarre au flanc des paquebots ancrés
Et de nattes au dos des filles indolentes,

Nous méprisons ces nuits de veille où les regrets
Dévorent les vieillards, où féroces mygales
Augmentent leurs désirs de vergues et d'agrès
Et le lancinement des légendaires gales.

Quart de l'enseigne à bord du navire amiral
Combat de pieuvre et de langouste au fond d'épaves
Dont les drapeaux pendent mouillés. Un soir de bal
Tout s'abîma sans heurt dans une mer concave.

L'orchestre jouait la valse et les danseurs en frac
S'enlacèrent à des danseuses inconnues.
L'amour lesté par l'or a sombré dans un sac,
Un radeau transporta des milliardaires nues.

C'est dans un café clair aux glaces dépolies
Que nous manions comme un guignol l'humanité,
Gens passés, gens futurs, images abolies,
Et les aspects du verbe en sainte trinité.

Nous surprenons parfois nos mains traçant des fleurs
Sur les carreaux embués tandis que, sur le fleuve,
Descendent vers les ports de puissants remorqueurs,
Que les piles des ponts mettent des robes neuves.

Nous n'osons rappeler notre vœu de noyade
A la rescousse et pour finir avec ces porcs,
Les hommes, nous aimons les fards et les œillades,
Puis nous mimons l'amour avec d'affreux transports.

Les yeux des filles sont des nœuds à nos poignets,
Quelle raison a-t-on d'aimer tant les visages ?
Qu'attendons-nous ? C'est l'heure où chantent les bei-
                                                    [gnets.
Nos yeux se crèveront aux roses des corsages.

Pourquoi veiller? Jadis descendant d'un ciel tendre,
Jésus faisait pour nous des miracles annuels.
C'était Noël alors, gelant à pierre fendre
Pour ne pas maculer les pieds nus d'Emmanuel.

Nos pieds à nous sont lourds de vos glaises mouvantes,
Marais où s'enlisa le corps blanc des Jésus,
Juillet vit s'engloutir les prières savantes,
Et les Papes aux scapulaires décousus.

Et depuis nous scrutons la nuit fade et nuageuse
Dans l'espoir qu'avant l'aube en ce ciel déserté,
S'illuminant à chaque brasse, une nageuse
Conciliera l'amour avec la liberté.

26 novembre-1er décembre 1923.

I. ROBERT DESNOS

Né à Paris le 4 juillet 1900.
Décédé à Paris le 13 décembre 1924, jour où il écrit ces lignes.

II. LES PROFONDEURS DE LA NUIT

Quand j'arrivais dans la rue, les feuilles des arbres tombaient. L'escalier derrière moi n'était plus qu'un firmament semé d'étoiles parmi lesquelles je distinguais nettement l'empreinte des pas de telle femme dont les talons Louis XV avaient, durant longtemps, martelé le macadam des allées où couraient les lézards du désert, frêles animaux apprivoisés par moi, puis recueillis dans mon logis où ils firent cause commune avec mon sommeil. Les talons Louis XV les suivirent. Ce fut, je l'assure, une étonnante période de ma vie que celle où chaque minute nocturne marquait d'une empreinte nouvelle la moquette de ma chambre : marque étrange et qui parfois me faisait frissonner. Que de fois, par temps d'orage ou clair de lune, me relevai-je pour les contempler à la lueur d'un feu de bois, à celle d'une allumette ou à celle d'un ver luisant, ces souvenirs de femmes venues jusqu'à mon lit, toutes nues hormis les bas et les souliers à hauts talons conservés en égard à mon désir, et plus insolites qu'une ombrelle retrouvée en plein Pacifique par un paquebot. Talons merveilleux contre lesquels j'égratignais mes pieds, talons! sur quelle route sonnez-vous et vous reverrai-je jamais ? Ma porte, alors, était grande ouverte sur le mystère, mais celui-ci est entré en la fermant derrière lui et désormais j'écoute, sans mot dire, un piétinement immense, celui d'une foule de femmes nues assiégeant le trou de ma serrure. La multitude de leurs talons Louis XV fait un bruit comparable au feu de bois dans l'âtre, aux champs de blés mûrs, aux horloges dans les chambres désertes la nuit, à une respiration étrangère à côté du visage sur le même oreiller.

Cependant, je m'engageai dans la rue des Pyramides. Le vent apportait des feuilles arrachées aux arbres des Tuileries et ces feuilles tombaient avec un bruit mou. C'étaient des gants; gants de toutes sortes, gants de peau, gants de Suède, gants de fil longs. C'est devant le bijoutier une femme qui se dégante pour essayer une bague et se faire baiser la main par le Corsaire Sanglot, c'est une chanteuse, au fond d'un théâtre houleux, venant avec des effluves de guillotine et des cris de Révolution, c'est le peu d'une main qu'on peut voir au niveau des boutons. De temps à autre, plus lourdement qu'un météore à fin de course, tombait un gant de boxe. La foule piétinait ces souvenirs de baisers et d'étreintes sans leur prêter la déférente attention qu'ils sollicitaient. Seul j'évitais de les meurtrir. Parfois même je ramassais l'un d'eux. D'une étreinte douce il me remerciait. Je le sentais frémir dans la poche de mon pantalon. Ainsi sa maîtresse avait-elle dû frémir à l'instant fugitif de l'amour. Je marchais.

Revenu sur mes pas et longeant les arcades de la rue de Rivoli je vis enfin Louise Lame marcher devant moi.

Le vent soufflait sur la cité. Les affiches du Bébé Cadum appelaient à elles les émissaires de la tempête et sous leur garde la ville entière se convulsait.

Ce furent d'abord deux gants qui s'étreignirent en une poignée d'invisibles mains et dont l'ombre longtemps dansa devant moi.

Devant moi ? Non, c'était Louise Lame qui marchait dans la direction de l'Étoile. Singulière randonnée. Jadis, les rois marchèrent dans la direction
d'une étoile ni plus ni moins concrète que toi, place
de l'Étoile avec ton arc, orbite où le soleil se loge
comme l'œil du ciel, randonnée aventureuse et dont
le but mystérieux était peut-être toi que je sollicite,
amour fatal, exclusif, et meurtrier. Si j'avais été l'un
des rois, ô Jésus, tu serais mort au berceau, étranglé,
pour avoir interrompu si tôt mon voyage magnifique
et brisé ma liberté puis, sans doute, un amour mystique
m'eût enchaîné et traîné en prisonnier sur les routes
du globe que j'eusse rêvé parcourir libre.

Je me complaisais à la contemplation du jeu de
son manteau de fourrure contre son cou, des heurts
de la bordure contre les bas de soie, au frottement
deviné de la doublure soyeuse contre les hanches.
Brusquement, je constatai la présence d'une bordure
blanche autour des mollets. Celle-ci grandit rapidement, glissa jusqu'à terre, et quand je parvins à cet
endroit je ramassai le pantalon de fine batiste. Il tenait
tout entier dans la main. Je le dépliai, j'y plongeai
la tête avec délices. L'odeur la plus intime de Louise
Lame l'imprégnait. Quelle fabuleuse baleine, quel pro-
digieux cachalot distille une ambre plus odorante. O
pêcheurs perdus dans les fragments de la banquise et
qui vous laisseriez périr d'émotion à tomber dans les
vagues glaciales quand, le monstre dépecé, la graisse
et l'huile et les fanons à faire des corsets et des para-
pluies soigneusement recueillis, vous découvrez dans
le ventre béant le cylindre de matière précieuse. Le
pantalon de Louise Lame ! quel univers ! Quand je
revins à la notion des décors, elle avait gagné du
terrain. Trébuchant parmi les gants qui maintenant s'accolaient tous, la tête lourde d'ivresse, je

la poursuivis, guidé par son manteau de léopard.

A la Porte Maillot, je relevai la robe de soie noire dont elle s'était débarrassée. Nue, elle était nue maintenant sous son manteau de fourrure fauve. Le vent de la nuit chargé de l'odeur rugueuse des voiles de lin recueillie au large des côtes, chargé de l'odeur du varech échoué sur les plages et en partie desséché, chargé de la fumée des locomotives en route vers Paris, chargé de l'odeur de chaud des rails après le passage des grands express, chargé du parfum fragile et pénétrant des gazons humides des pelouses devant les châteaux endormis, chargé de l'odeur de ciment des églises en construction, le vent lourd de la nuit devait s'engouffrer sous son manteau et caresser ses hanches et la face inférieure de ses seins. Le frottement de l'étoffe sur ses hanches éveillait sans doute en elle des désirs érotiques cependant qu'elle marchait allée des Acacias vers un but inconnu. Des automobiles se croisaient, la lueur des phares balayait les arbres, le sol se hérissait de monticules, Louise Lame se hâtait. Je distinguais très nettement la fourrure du léopard.

Ç'avait été un furieux animal.

Durant des années il avait terrorisé une contrée. On voyait parfois sa silhouette souple se profiler sur la basse branche d'un arbre ou sur un rocher, puis, à l'aube suivante, des caravanes de girafes et d'antilopes, sur le chemin des abreuvoirs, témoignaient auprès des indigènes d'une épopée sanglante qui avait profondément inscrit ses griffes sur les troncs de la forêt. Cela dura plusieurs années. Les cadavres, si les cadavres pouvaient parler, auraient pu dire que ses crocs étaient blancs et sa queue robuste plus dangereuse que le cobra, mais les morts ne parlent pas, encore moins les squelettes, encore moins les squelettes de girafes, car ces gracieux animaux étaient la proie favorite du léopard.

Un jour d'octobre, comme le ciel verdissait, les monts dressés sur l'horizon virent le léopard, dédaigneux pour une fois des antilopes, des mustangs et des belles, hautaines et rapides girafes, ramper jusqu'à un buisson d'épines. Toute la nuit et tout le jour suivant il se roula en rugissant. Au lever de la lune il s'était complètement écorché et sa peau, intacte, gisait à terre. Le léopard n'avait pas cessé de grandir durant ce temps. Au lever de la lune il atteignait le sommet des arbres les plus élevés, à minuit il décrochait de son ombre les étoiles.

Ce fut un extraordinaire spectacle que la marche du léopard écorché sur la campagne dont les ténèbres s'épaississaient de son ombre gigantesque. Il traînait sa peau telle que les empereurs romains n'en portèrent jamais de plus belle, eux ni le légionnaire choisi parmi les plus beaux et qu'ils aimaient.

Processions d'enseignes et de licteurs, processions de lucioles, ascensions miraculeuses! rien n'égala jamais en surprise la marche du fauve sanglant sur le corps duquel les veines saillaient en bleu.

Quand il atteignit la maison de Louise Lame, la porte s'ouvrit d'elle-même et, avant de crever, il n'eut que la force de déposer sur le perron, aux pieds de la fatale et adorable fille, le suprême hommage de sa fourrure.

Ses ossements encombrent encore de nombreuses routes du globe. L'écho de son cri de colère, répercuté longtemps par les glaciers et les carrefours, est mort comme le bruit des marées et Louise Lame marche devant moi, nue sous son manteau.

Encore quelques pas et voici qu'elle dégrafe ce dernier vêtement. Il choit. Je cours plus vite. Louise Lame est nue désormais, toute nue dans le bois de Boulogne. Les autos s'enfuient en barrissant; leurs

phares éclairent tantôt un bouleau, tantôt la cuisse
de Louise Lame sans atteindre cependant la toison
sexuelle. Une tempête de rumeurs angoissantes passe
sur les localités voisines : Puteaux, Saint-Cloud, Bil-
lancourt.

La femme nue marche environnée de claquements
d'invisibles étoffes; Paris ferme portes et fenêtres, éteint
ses lampadaires. Un assassin dans un quartier lointain se donne beaucoup de mal pour tuer un impassible promeneur. Des ossements encombrent la chaus-
sée. La femme nue heurte à chaque porte, soulève
toute paupière close.

Du haut d'un immeuble, Bébé Cadum magnifiquement éclairé, annonce des temps nouveaux. Un homme
guette à sa fenêtre. Il attend. Qu'attend-il?
Une sonnerie éveille un couloir. Une porte cochère
se ferme.
Une auto passe.
Bébé Cadum magnifiquement éclairé reste seul,
témoin attentif des événements dont la rue, espé-
rons-le, sera le théâtre.

III. TOUT CE QU'ON VOIT EST D'OR

Corsaire Sanglot revêt son costume bien connu des rues bruyantes et des trottoirs de bitume. La vie peut continuer s'il lui plaît dans Paris et dans le monde, une voix caressante lui a indiqué son chemin. Celui-ci le conduit aux Tuileries où il rencontre Louise Lame. Il est de ces coïncidences qui, sans émouvoir les paysages, ont cependant plus d'importance que les digues et les phares, que la paix des frontières et le calme de la nature dans les solitudes désertiques à l'heure où passent les explorateurs. Il importe peu de savoir quels furent les préambules de la conversation du héros avec l'héroïne. Il leur fallait des fauves en amour, de taille à résister à leurs crocs et à leurs griffes. Les gardiens des Tuileries virent ce couple extraordinaire parler avec animation puis s'éloigner par la rue du Mont-Thabor. Une chambre d'hôtel leur donna asile. C'était le lieu poétique où le pot à eau prend l'importance d'un récif au bord d'une côte échevelée, où l'ampoule électrique est plus sinistre que trois sapins au milieu de champs vert émeraude un dimanche après-midi, où la glace mobilise des personnages menaçants et autonomes. Mobiliers des chambres d'hôtel méconnus par les copistes surannés, mobiliers évocateurs de crime! Jack l'éventreur avait en présence de

celui-ci exécuté l'un de ces magnifiques forfaits grâce
auxquels l'amour rappelle de temps à autre aux
humains qu'il n'est pas du domaine de la plaisante-
rie. Mobilier magnifique. Le pot à eau blanc, la
cuvette et la table de toilette se souvenaient en silence
du liquide rouge qui les avaient rendus respectables.
Des journalistes avaient publié la photographie de
ces accessoires modestes promus au rôle de paysages
dont je parlais tout à l'heure. Il leur avait fallu figurer
à la Cour d'assises parmi les pièces à conviction.
Singulier tribunal! Jack l'éventreur n'avait jamais pu
être atteint et le box des accusés était vide. Les juges
avaient été nommés parmi les plus vieux aveugles de
Paris. La tribune des journalistes regorgeait de monde.
Et le public au fond, maintenu par une haie de gardes
municipaux, était un ramassis de bourgeois pansus.
Sur tous ces gens silencieux planait un vol de mouches
bourdonnantes. Le procès dura huit jours et huit
nuits et, à l'issue, quand un verdict de miracle eut
été prononcé contre l'assassin inconnu, le pot à eau,
la cuvette et la table de toilette avec le petit plat à
savon où subsistait encore une savonnette rose rega-
gnèrent la chambre marquée par le passage d'un être
surnaturel.

Louise Lame et Corsaire Sanglot considérèrent avec
respect, eux qui n'avaient que peu de choses à respecter en raison de leur valeur morale, ces reliefs
d'une aventure qui aurait pu être la leur. Puis, après
une lutte de regards, ils se déshabillèrent. Quand ils
furent nus, Corsaire Sanglot s'allongea en travers sur
le lit, de façon que ses pieds touchassent encore le
sol, et Louise Lame s'agenouilla devant lui.

Baiser magistral des bouches ennemies.

La reproduction est le propre de l'espèce, mais
l'amour est le propre de l'individu. Je vous salue bien
bas baisers de la chair. Moi aussi j'ai plongé ma tête

dans les ténèbres des cuisses. Louise Lame étreignait étroitement son bel amant. Son œil guettait sur le visage l'effet de la conjonction de sa langue avec la chair. C'est là un rite mystérieux, le plus beau peut-être. Quand la respiration de Corsaire Sanglot se fit haletante, Louise Lame devint plus resplendissante que le mâle.

Le regard de celui-ci errait dans la pièce. Il s'arrêta enfin sur un éphéméride. Celui-ci avait été oublié par un comptable narquois partagé entre le désir d'oublier et celui de mesurer le temps machinalement et sans penser à la stupidité que sous-entend une pareille prétention.

D'ailleurs, le Corsaire Sanglot connaissait bien la date où était arrêté ce calendrier. Tous les ans il était amené à lire le même fait divers vieux d'un demi-siècle et cependant évocateur de la même fièvre. C'était même le seul jour où il ait jamais lu la feuille de papier mince et tous les ans, fatalement, il était amené à le faire.

Et la pensée de Corsaire Sanglot suivait une piste au cœur d'une forêt vierge.

Il arriva dans une ville de chercheurs d'or. Dans un bal dansait une Espagnole vêtue de façon excitante. Il la suivit dans une chambre soupentée où l'écho des querelles et de l'orchestre arrivait assourdi. Il la déshabilla lui-même, mettant à détacher chaque vêtement une lenteur sage et fertile en émotion. Le lit fut alors le lieu d'un combat sauvage, il la mordit, elle se débattit, cria et l'amant de la danseuse, un redoutable sang-mêlé, heurta à la porte.

Ce fut alors un siège sans merci. Des balles de revolver trouèrent les cloisons de chêne, étoilèrent les glaces où l'étain feuillolait en silence depuis de longues années à refléter des amours fatales. Séduite par son courage, l'Espagnole fusillait par la fenêtre une foule

LUNDI

Lune : dernier quartier le 17, nouvelle le 24.
Soleil : lever : 7 h 43. Coucher : 4 h 15

12

1870. - L'enterrement de Victor Noir
tué par le Prince Bonaparte est suivi
de 200.000 Parisiens.

JANVIER

S. Arcade

de cavaliers patibulaires et de policiers improvisés.
Ils s'évadèrent enfin par les toits. Des cris de colère
emplissaient la ville, on liait en hâte les lassos mais,
parvenus au Patio central, les poursuivants consta-
tèrent l'absence de deux juments jumelles, noires et si
rapides que les rattraper était impossible. Laissant à
leur destin les fugitifs, les hommes se répandirent dans
les cabarets.

Hors de danger, à plusieurs milles de la ville, Corsaire Sanglot et l'Espagnole s'arrêtèrent. Leur amour
n'existait plus qu'en rêve. Ils s'éloignèrent dans des
directions opposées. Forêts traversées à coups de couteau, étendues de lianes et de grands arbres, prairies,
steppes neigeuses, lutte contre des Indiens, traîneaux
volés, daims abattus, vous n'avez pas vu passer l'invisible corsaire. Dans la rue de Rivoli, il avisa une
maison en flammes. Des casques de pompiers mûris-
saient aux balcons et aux fenêtres. Corsaire Sanglot
s'engouffra dans le corridor et l'escalier crépitant. Au
troisième étage une femme s'apprêtait à mourir. L'en-
lacer et paraître à la fenêtre fut un éclair. Ils se pré-
cipitèrent dans le vide où une couverture les reçut
tandis que, blessé au passage par une corniche, Corsaire Sanglot s'évanouissait. Le lendemain matin, le
soleil rayonnait sur l'hôpital où il reposait dans un
lit. La femme sauvée lui faisait boire de la citronnade.
Il éprouva une satisfaction sensuelle à sa présence
près de lui, à sentir sur sa chair le passage de ses mains,
jusqu'à ce que la porte du pensionnat anglais se fût
ouverte. C'était l'heure du lever, trente petites filles
et dix autres un peu plus âgées se hâtaient. L'éponge
du tub ruisselait sur leurs épaules saines et leur peau
délicate. Il s'attarda à contempler leurs fesses presque
garçonnières. Leur sexe était encore trop imberbe
mais leurs seins étaient de charmantes merveilles non
déformées encore par...

— Dis-moi que tu m'aimes! râla Louise Lame éperdue.

— Saloperie, râle le héros. Je t'aime, ah! ah! vieille ordure, loufoque, sacré nom de plusieurs cochonneries.

Puis se relevant :

— Quel poème peut t'émouvoir davantage?

Anéantie, Louise Lame passa du rêve au rêve. Elle se refusa longuement à l'étreinte osseuse de son compagnon. Mais leur rencontre était phénoménale. La rancune montait en leur âme. Ah! ce n'était pas l'amour, seule raison valable d'un esclavage passager, mais l'aventure avec tous ses obstacles de chair et l'odieuse hostilité de la matière.

Amour magnifique, pourquoi faut-il que mon langage, à t'évoquer, devienne emphatique. Corsaire Sanglot l'avait prise par la taille et jetée sur le lit. Il la frappait. La croupe sonore avait été cinglée par le plat de la main et les muscles seraient bleus le lendemain. Il l'étranglait presque. Les cuisses étaient brutalement écartées.

Ce n'était pas vrai.

Corsaire Sanglot devant la glace remettait en ordre sa toilette. L'eau sympathique ruisselait sur son torse et la savonnette rose était le centre de la pièce. Louise Lame éduquée par les cartes postales en couleur y voyait l'image de son sexe martyrisé par l'indifférence. La mousse, le masque et les mains furent des mains de fantômes. Enfin l'aventurier fut prêt à partir. Louise se plaça devant la porte.

— Non, tu ne partiras pas, non tu ne partiras pas, non tu ne partiras pas.

Il l'écarta de la main et tandis qu'elle s'écroulait, sanglotante et décoiffée, le pas décrut dans l'escalier, comme une gamme à rebours sur le piano d'une débutante : une petite fille à cheveux nattés, aux doigts rouges encore des coups de règle de la maîtresse.

Dans le couloir, ce fut le piétinement du garçon d'hôtel relevant pour les cirer, paire par paire, les chaussures à talons Louis XV. Quel Père Noël attendu depuis des siècles déposera l'amour dans ces chaussures, objet d'un rite journalier et nocturne de la part de leur propriétaire, en dépit de la désillusion du réveil? Quel sinistre démon se borne à les rendre plus brillantes qu'un miroir à dessein de refléter, transformées en négresses, les stationnantes et sensibles femmes à passion. Qu'elles remettent leurs pieds blancs dans ces fins brodequins à torture morale! Leur chemin sera toujours parsemé des tessons de bouteille à philtre du rêve interrompu, des cailloux pointus de l'ennui. Pieds blancs marchant dans des directions différentes, les engelures du doute vous meurtriront en dépit des prophéties onéreuses de la cartomancienne du faubourg. Il faut aller d'abord à Nazareth avant de célébrer par une coutume curieuse l'anniversaire d'une naissance divine. Mais l'étoile?

L'étoile c'est peut-être bien ce savon rose que Corsaire Sanglot tient dans sa main mousseuse. Elle le guide mieux que la baguette du sourcier, la piste du trappeur et les écriteaux Michelin. Les humbles et magnifiques créatures de la poésie moderne se mettent en marche à travers les rues.

Et ce sont des groupes de trois ripolineurs portant au dieu futur des radiateurs rouges, ou, du haut du ciel, répandant sur le monde entier la blancheur d'une aube artificielle; et ce sont de longues théories de garçons de café, les uns rouges, les autres blancs, placés sous l'invocation de l'archange saint Raphaël, accomplissant le miracle de l'équilibre pour verser à une heure indéterminée le cordial qui vivifiera le nouveau rédempteur.

Du haut des immeubles, Bébé Cadum les regarde passer. La nuit de son incarnation approche où, ruisselant de neige et de lumière, il signifiera à ses premiers fidèles que le temps est venu de saluer le tranquille prodige des lavandières qui bleuissent l'eau des rivières et celui d'un dieu visible sous les espèces de la mousse de savon, modelant le corps d'une femme admirable, debout dans sa baignoire, et reine et déesse des glaciers de la passion rayonnant d'un soleil torride, mille fois réfléchi, et propices à la mort par insolation. Ah! si je meurs, moi, nouveau Baptiste, qu'on me fasse un linceul de mousse savonneuse évocatrice de l'amour et par la consistance et par l'odeur.

Corsaire Sanglot, son guide dans la main, suivit des convois funèbres qu'il abandonna à point nommé pour emprunter d'autres voies. Calmes rues désertes plantées de réverbères, boulevards chargés de viaducs du métro, vous le vîtes passer aussi, lui, le premier mage.

C'est dans l'île des Cygnes, sous le pont de Passy, que le Bébé Cadum attendait ses visiteurs. Ils se conduisirent en parfaites gens du monde et la tour Eiffel présida au conciliabule. L'eau coulait.

Les poissons sortirent de la rivière, eux, voués depuis des temps et des tempêtes au culte des choses divines et à la symbolique céleste. Pour les mêmes raisons, les palmiers du Jardin d'Acclimatation désertèrent les allées parcourues par l'éléphant pacifique du sommeil enfantin. Il en fut de même pour ceux qui, emprisonnés dans des pots de terre, illustrent le salon des vieilles demoiselles et le péristyle des tripots. Les malheureuses filles entendirent le long craquement des poteries désertées et le rampement des racines sur le parquet ciré, des cercleux regagnant lentement à l'aube leur maison après une nuit de baccarat où les chiffres s'étaient succédé dans le bagne traditionnel, oublièrent leur gain ou leur perte et les suivirent. Eux aussi furent parmi les premiers fidèles. Sur ces fronts douloureux, sur ces yeux brûlés par la fièvre, sur ces oreilles tintant encore du dernier banco, sur ces cerveaux hantés par l'absolu, par l'improbable et les nombres fatidiques, il étendit sa suzeraineté. L'air était plein du bruit des fenêtres qu'on ferme et dont les espagnolettes pleurent. Bébé Cadum naquit sans le secours de ses parents, spontanément.

A l'horizon, un géant brumeux s'étirait et bâillait. Bibendum Michelin s'apprêtait à une lutte terrible et dont l'auteur de ces lignes sera l'historien.

A l'âge de vingt et un ans, Bébé Cadum fut de taille à lutter avec Bibendum. Cela commença un matin de juin. Un agent de police qui se promenait bêtement avenue des Champs-Élysées entendit tout à coup de grandes clameurs dans le ciel. Celui-ci s'obscurcit et, avec tonnerre, éclairs et vent, une pluie savonneuse s'abattit sur la ville. En un instant le paysage fut féerique. Les toits recouverts d'une mousse légère que le vent enlevait par flocons s'irisèrent aux rayons du soleil reparu. Une multitude d'arcs-en-ciel surgirent, légers, pâles et semblables à l'auréole des jeunes poitrinaires, au temps qu'elles faisaient partie de l'accessoire poétique. Les passants marchaient dans une neige odorante qui montait jusqu'à leurs genoux. Certains entamèrent des combats de bulles de savon que le vent emportait avec un grand nombre de fenêtres reflétées sur les parois translucides.

Puis une folie charmante s'installa dans la ville. Les habitants se dévêtirent et coururent à travers les rues en se roulant sur le tapis savonneux. La Seine charriait des nappes grumeleuses qui s'arrêtaient aux piles des ponts et se dissolvaient en firmaments.

Les conditions de la vie furent changées quant aux relations matérielles, mais l'amour fut toujours de même le privilège de peu de gens, disposés à courir toutes les aventures et à risquer le peu de vie consentie

aux mortels dans l'espoir de rencontrer enfin l'adver-
saire avec lequel on marche côte à côte, toujours sur
la défensive et pourtant à l'abandon.

Cependant, la lutte entre Bibendum et Bébé Cadum
ne fut pas le seul épisode de la bataille où l'archange
moderne perdit sa mousse comme des plumes.

Bibendum rentrant en son repaire où il se propo-
sait de rédiger la fameuse proclamation connue depuis
sous le nom de *Pater du faux messie* [1], s'enduisit, malgré ses précautions, de mousse de savon.

Arrivé, il dicta immédiatement le *Pater* et, ressortant,
glissa sur le macadam, tomba et mourut en donnant
naissance à une armée de pneus. Ceux-ci devaient
continuer la lutte.

[1].   PATER DU FAUX MESSIE

Bi   ben   dum
Bé   bé
      Ca   dum

Quel est le but de l'usurpateur Bébé Cadum qui va jusqu'à
voler le nom du seul vrai Messie?

Bébé est en effet un succédané de *Biben*, car on sait que le
bébé se nourrit en buvant (téter), quant à la syllabe *Ca* elle est
le signe de la bâtardise de *Bébé Cadum* de son nom étymologique
Bebedum, fils putatif de *Bidendum*. L'*n* supprimé tendant à laisser
supposer que sa conception, à l'instar de celle de Bacchus, eut
pour théâtre l'*aîne* (cuisse) de son père, alors qu'il est né, ainsi
qu'il n'a pu en supprimer la preuve dans son nom, par l'acte
du *cas* (ca) tout naturellement par frottement. D'où est résultée
sa propriété de se transformer en mousse quand on le frotte.

Si l'on supprime dans ces deux noms les fractions qui se rap-
portent l'une à l'autre, on constate :

Bibe ⎱
     ⎰ se suppriment par identité.
Bébé ⎰

dum ⎱ identiques se suppriment en se heurtant : *dum-dum* expli-
     ⎰ quant suffisamment le tonnerre entendu pendant la
dum ⎰ bataille.

N   ⎱ On sait la proximité de ces deux parties du corps. Joints,
    ⎰ ils forment *Can*, abréviation de canon (relation avec le
ca ⎰ tonnerre), rappelant par la forme l'existence du *cas*.

La rencontre eut lieu dans une plaine désertique. Bébé Cadum ne vit pas venir l'effarante troupe des pneus qui, rebondissant ou se déformant, roulaient, rapides, sur les routes à l'effroi des vélocipédistes et des chauffeurs d'automobiles qui, muets de stupéfaction, se demandaient quel nouveau miracle douait ces cercles élastiques d'une agilité autonome.

La rencontre eut lieu dans une plaine désertique au déclin commençant du soleil de cinq heures du soir. Bébé Cadum rieur se détachait sur le ciel bleu ardent et sur le sol rougeâtre. Les pneus s'enroulèrent autour de lui comme un reptile et l'immobilisèrent. Prisonnier, Bébé Cadum n'abandonna pas son sourire et se laissa, malgré sa force, jeter dans un cachot. Bébé Cadum, ou plutôt le Cristi, puisqu'il faut, à notre époque, l'appeler par son nom, avait trente-trois ans. La barbe eût donné à son visage un aspect sinistre sans le sourire enfantin que dessinaient ses lèvres. Mais pas d'histoires anciennes :

LE GOLGOTHA

Sur le fond vert olive du ciel, la croix se détache, au haut de la colline. Pleurez, les vierges et les apôtres dans la grande plaine animée par le tournoi des moulins à vent, par la course des autos rouges et blanches sur les routes gris d'argent, par la musique des manèges de chevaux de bois, par les détonations sèches des tirs forains, par le roulement métallique des loteries. L'oscillation à peine perceptible des mâts de cocagne imprime une vibration grisante au paysage où le pylone blanc du toboggan et l'apparition mathématique du steam-swing figurent irrésistiblement l'idée du temps qui passe comme un navire de guerre majestueux et lent sur une mer bleu foncé ridée de rares crêtes blanches et de sillages filigranés, sous un ciel bleu clair, avec, pour fond, une plage encombrée de femmes magnifiques, en toilettes claires, de marins muets qui agitent les bras, d'aventuriers en pantalon blanc hantés par l'idée du prochain paquebot qui les emportera vers les casinos d'Amérique du Sud et des amours plus fatales, tandis que, à peu de distance du bord, trois admirables nageuses en maillot rouge se livrent sans contrainte au caprice des vagues douces et sont pour le jeune poète accroupi sur un rocher le point de départ d'un drame aventureux où la tempête et les passions humaines concourent à le heurter à de magiques amoureuses.

Voici, dans une clairière du bois, qu'on passe en revue une compagnie de sapeurs-pompiers. Voici dans le ciel un avion : il s'en va au Maroc ou en Russie; très loin, à l'horizon, décelé par la fumée blanche et par le bruit étrangement proche des roues sur les rails et les essieux, voici un train qui rapidement se dirige vers quelque port. Dans le jardinet qui entoure sa maison, un méditatif jardinier arrose des fleurs. De la fenêtre d'une école s'échappent des voix d'enfants : *Nous n'irons plus au bois, les lauriers sont coupés*. A la fenêtre d'une maison claque un rideau derrière lequel deux amoureux s'enlacent sur un lit banal avec des bras de noyés. Deux hommes se sont assis dans l'herbe et boivent au goulot de la bouteille un vin rouge et généreux. Trois bœufs dans un pré. Le coq de l'église. Un avion. Des coquelicots.

Le Cristi est enfin digne de son nom, il est crucifié sur une croix en cœur de chêne décorée de drapeaux tricolores comme une estrade de 14 juillet. Au pied, une dizaine de musiciens, sur des instruments de cuivre, jouent des airs rondouillards. Des couples dansent.

Sur deux petites croix décorées, elles aussi, de drapeaux, les larrons agonisent.

Le curé sort de l'église et rentre au presbytère. L'infâme.

Le soir tombe.

Le ciel s'ouvre violemment sur la lumière des affiches lumineuses.

Le Cristi agonise en mesure, suivant la cadence de l'orchestre.

Les drapeaux de la croix flottent joyeusement.

Les réverbères s'allument.

IV. LA BRIGADE DES JEUX

Où est-il le temps des galères et celui des cara-
velles ? Il est loin comme une minute de sable dans
le trébuchet du destin.

Le nouveau corsaire vêtu d'un smoking est à l'avant
de son yacht rapide qui, de son sillage blanc sin-
geant les princesses des cours périmées, heurte dans
sa course tantôt le corps des naufragés errant depuis
des semaines, tantôt le coffre mystérieux promené
entre deux eaux par des courants doux à la suite
d'une tentative de cambriolage sur un transatlantique,
tantôt, enveloppé d'un ridicule drapeau, le corps de
celui qui décéda avant d'arriver au port, tantôt la
troublante arête-squelette d'une sirène défunte pour
avoir, une nuit, traversé sans son diadème de méduses
les eaux d'une tempête éclairées par un phare puissant perdu loin des côtes et proie des oiseaux fantômes.

Car il y a des fantômes d'oiseaux. Ceux-ci, dès que
le jour se lève, montent plus haut que les alouettes
et l'ombre à peine perceptible de leurs ailes tamise
doucement la lumière du soleil. Bonheur alors à la
poitrinaire abritée de la sorte ! Sa respiration reposera
sur un mol oreiller d'air tranquille et son fiancé,
attentif au frémissement de ses lèvres, distinguera distinctement sur elles un sourire de lac. Parfois, ces

grands oiseaux protecteurs, morts depuis les dernières années des périodes géologiques où les hommes apparurent, sentent leurs ailes se replier et se tordre, un grand tourbillon naît de leur souffrance et les fossoyeurs appuyés sur leur pelle calculent mentalement le nombre de morts qui les séparent du repos gagné à la sueur de leur corps.

Au soir, les oiseaux fantômes regagnent leur nid dans les glaciers transparents et le crépuscule est plein du bruissement de leur vol de rêve et les échos, parfois, de leur cri qui, sans le secours de l'appareil auditif, retentit longuement dans l'âme des solitaires.

Cependant, les restes funéraires des sirènes ne restent pas insensibles à ces migrations horaires. D'une nage saccadée, leur squelette remonte le cours des fleuves jusqu'aux sources montagneuses. Une étreinte mythologique unit leurs débris calcaires au spectre ailé puis le cours des fleuves se fait plus rapide pour les ramener à la mer.

Quand l'étrave d'un bateau rencontre le squelette d'une sirène, l'eau devient immédiatement phosphorescente, puis l'écume de la mer se solidifie en forme de ces pipes si renommées dans les villes de l'intérieur. Les pêcheurs en ramènent de grandes quantités dans leurs filets et cela jusqu'à ce que le squelette même de la sirène soit ramené sur le pont.

Corsaire Sanglot laissait passer les récifs et les histoires contées par le maître queux. Il s'intéressait au jeu des eaux, à peine au ronflement des moteurs et à l'agitation perpétuelle et régulière de l'hélice.

Dans les soutes, le charbon était jeté à larges pelletées. L'imminence d'une tornade surexcitait les chauffeurs maculés. Le charbon tiède s'enflammait déjà sur leur pelle et cela faisait une quantité de petites flammes bleues, flammes qui sommeillent toujours dans le cœur des navigateurs. Si la nuit tombait dans mon récit meurtrier, si le ciel de tempête s'obscurcissait, on verrait au haut des cheminées les feux Saint-Elme.

Eh bien! tombe, nuit d'artifices et de cauchemars éveillés, approche, tempête ténébreuse. Le bateau est blanc dans le cyclone gris foncé. De larges remous troublent les profondeurs, des algues apparaissent à la surface de l'eau et, à l'horizon, surgit le bateau fantôme, pilote du cataclysme.

Paraissez, feux Saint-Elme! Paraissez, accessoires des catastrophes : temps lourds et trop calmes, ciels cuivreux, ciels plombés, ciels d'ébène, rayon de soleil pâle sur des flots couleur de ciguë, icebergs, trombe, Maelströms, récifs, épaves, lames de fond, canots désemparés, bouteilles à la mer.

Je l'attends! Viendra-t-elle? Depuis bientôt un an je passe sous ses fenêtres chaque nuit. Quand elle est en voyage, le lieu de sa résidence dessine sans cesse devant mes yeux clos les allées rêveuses où j'imagine sa promenade, les salles de baccara brillantes comme des lustres de cristal, les chambres d'hôtel si émouvantes avec leur fenêtre révélatrice, au premier matin, d'un nouveau panorama. L'amour qui me transporte prendra-t-il bientôt le nom de cette femme?

Cependant, le navire, ballotté par les hautes vagues, ne tarda pas à se trouver en danger. Pour comble d'infortune, le feu se déclara dans les soutes. Une épaisse fumée s'éleva du poussier humide, suffocante et chaude. Certains se jetèrent par-dessus les bastingages, d'autres, malgré la témérité d'une pareille aventure, confièrent leur sort à un canot de sauvetage, tout menu dans la mer bouleversée.

Seul, Corsaire Sanglot resta à bord. Le navire s'inclina. Corsaire Sanglot remarqua la lucidité par-

faite de son esprit qui lui permettait de noter nombre
de faits en apparence insignifiants. Par exemple, le
sifflement du vent bientôt transformé en beuglement
quand, les cheminées atteignant presque l'horizontale,
il s'engouffra d'aplomb jusqu'aux foyers; le curieux
spectacle de la fumée débordant comme un liquide
et roulant doucement dans les vallonnements de l'eau;
les stigmates mobiles de l'huile brillamment colorée
à la surface. Puis un bruit de friture s'amplifiant de
minute en minute signala l'inondation des machines.
Elles explosèrent en trois fois parmi des gerbes écu-
meuses, des plumeaux de fumée et le mouvement
d'un entonnoir naissant. Le bateau se prit à tourner
sur lui-même avec une grande rapidité et à s'enfoncer.
Des épaves prirent doucement le parti de flotter puis,
d'un seul coup, comme happé par une gigantesque
bouche, l'épave s'engloutit.

Elle descendit une trentaine de mètres en ralentis-
sant progressivement et s'arrêta, flottant dans une
tombe calme. Le tumulte ne parvenait pas jusque-là.
Corsaire Sanglot ouvrit les yeux. Un sous-marin
voguait avec circonspection à quelque distance. Des
poissons charnus virevoltaient. Des algues poussaient
jusque-là leurs rameaux tentaculaires. Corsaire Sanglot se pencha pour voir le fond. Il lui apparut uni-
formément jaune bistre avec la consistance du papier
buvard ou du sable humide, à une profondeur qu'il
estima ne pas dépasser cent mètres.

Malgré la pénombre de ces profondeurs, l'ombre
projetée des poissons se mouvait distinctement sur le
fond. Corsaire Sanglot s'apprêta à descendre. Ce
n'était pas chose aisée en raison d'une illusion d'optique qui faisait que son image reflétée dans l'élément
liquide s'interposait constamment entre lui et son but.
Mais il ferma les yeux, tendit les mains violemment
en avant, ouvrit les yeux et saisit les mains de son

reflet. Celui-ci, en s'éloignant, reproduit de couche en couche d'eau, l'entraîna rapidement jusqu'au fond. Il y eut un heurt mou. Corsaire Sanglot était enfoui jusqu'au cou dans un immense champ d'éponges. Elles pouvaient être trois ou quatre cent mille. Des hippocampes troublés dans leur sommeil surgirent de tous côtés en même temps qu'une gigantesque bougie allumée de l'espèce dite marine. A la lueur, les vallonnements tendres des éponges s'éclairèrent à perte de vue. Leurs mamelons prirent un relief extraordinaire et Corsaire Sanglot se fraya parmi eux un chemin difficile. Il atteignit enfin la bougie. Celle-ci surgissait d'une espèce de clairière appelée, un écriteau de corail en faisait foi, « Éclaircie de l'éponge mystique », une troupe d'hippocampes se jouait là, sur un sol fait de petits galets noirs. Douze squelettes de sirènes y reposaient, couchés côte à côte. Devant ce cimetière, Corsaire Sanglot éprouva un grand soulagement. Il contemplerait un instant cette place sacrée, puis, dans la prairie des éponges, il irait se coucher pour toujours. Il distinguait des uniformes de marins de nationalités diverses, des squelettes en smokings et en robes de soirée.

Mais son esprit, pareil à la trace que laisse dans l'air un avion enflammé, interprétait à sa guise le paysage. Il revoyait le Christ accompagné de ses douze sirènes s'acheminant vers son destin; un ciel d'ébène sur lequel se détache la croix rouge sang, à droite et à gauche des papyrus égyptiens, un débris de colonne grecque et son chapiteau au pied, à l'horizon des fils télégraphiques. Il imaginait encore le plongeur qui, dédaignant les huîtres perlières, cueillit l'éponge prédestinée, immense, et qui se signalait dans la nuit des eaux par une auréole verte.

Mais la bougie marine s'usait rapidement. Le corsaire remarqua qu'elle était le point de départ d'un

arc-en-ciel, mais celui-ci, au lieu d'être vu de l'intérieur de sa circonférence comme un dôme, était vu
de l'extérieur, de sorte qu'il s'éloignait comme deux
cornes ou un croissant jusqu'à la surface où ses deux
branches émergeaient à grande distance l'une de
l'autre pour aller se rejoindre très haut dans l'atmosphère et y faire la joie des oiseaux fantômes, l'émerveillement des citadins et la mélancolie du petit garçon faiseur de bulles de savon. Celles-ci montent avec
une fenêtre au flanc.

Il n'était plus question pour Corsaire Sanglot de
rester au fond de l'océan. La bougie, en brûlant,
laissant de grandes stalactites blanches qui oscillaient
un instant puis montaient.

Il s'accrocha à l'une d'elles et ne tarda pas à nager
sur une onde calme, en vue d'un port sans bateaux,
dans un silence impressionnant.

Qu'elle vienne, celle que j'aimerai, au lieu de vous
raconter des histoires merveilleuses (j'allais dire à
dormir debout). O satisfaction nocturne, angoisse de
l'aube, émoi des confidences, tendresse du désir, ivresse
de la lutte, merveilleux flottement des matinées d'après
l'amour.

Vous lirez ou vous ne lirez pas, vous y prendrez
de l'intérêt ou vous y trouverez de l'ennui, mais il
faut que dans le moule d'une prose sensuelle j'exprime
l'amour pour celle que j'aime. Je la vois, elle vient,
elle m'ignore ou feint de m'ignorer. J'ai pourtant
surpris dans sa parole quelque intonation tendre et
certaine phrase me parut une allusion.

Je me rappelle qu'il y a quelques mois, cet hiver,
dans un lieu ami, elle chantait. Elle chante à faire
monter les larmes aux yeux et, ce soir-là, elle chantait
une romance sentimentale dont le contenu m'importe
peu. Je n'en ai retenu que l'air facile, un air de valse et
deux phrases de refrain où l'héroïne déclarait son amour.

Elle tourna vers moi les yeux à cet instant, mais je n'ose y croire, ce regard fut-il un aveu. Ne me dites pas qu'elle est belle, elle est émouvante. Sa vue imprime à mon cœur un mouvement plus rapide, son absence emplit mon esprit.

Banalité! Banalité! Le voilà donc ce style sensuel! La voici cette prose abondante. Qu'il y a loin de la plume à la bouche. Sois donc absurde, roman où je veux prétentieusement emprisonner mes aspirations robustes à l'amour, sois insuffisant, sois pauvre, sois décevant. Je sens se gonfler ma poitrine à l'approche de la bien connue. Je ferais l'amour devant trois cents personnes sans émoi, tant ceux qui m'entourent ont cessé de m'intéresser. Sois banal, récit tumultueux!

Je crois encore au merveilleux en amour, je crois à la réalité des rêves, je crois aux héroïnes de la nuit, aux belles de nuit pénétrant dans les cœurs et dans les lits. Voyez, je tends mes poignets aux menottes délicates, aux menottes de la femme élue, menottes d'acier, menottes de chair, menottes fatales. Jeune bagnard, il est temps de mettre un numéro sur ta bure et de river à ta cheville le boulet lourd des amours successives.

Corsaire Sanglot aborde au port. Le môle est en granit, la douane en marbre blanc. Et quel silence. De quoi parlé-je? Du Corsaire Sanglot. Il aborde au port, le môle est de porphyre et la douane en lave fondue... et quel silence sur tout cela.

Corsaire Sanglot s'engage dans une avenue, parvient à une place, et là, la statue de Jack l'éventreur, grandeur nature, en habit et chapeau claque l'accueille. Des marchands d'éponges à tous les coins de rues offrent leurs vitrines pleines d'objets en liège et de bateaux dans des bouteilles. Toutes les vitres des avertisseurs d'incendie sont brisées. Toutes les persiennes sont closes. Sur tous les toits le platine des paratonnerres brille et attire des alouettes. Sur tous les toits flottent des oriflammes saugrenues.

Corsaire Sanglot marche dans la ville déserte.

Qu'elle est douce, aux cœurs amers, la solitude, qu'il est doux, le spectacle de l'abandon, aux âmes orgueilleuses. Je me réjouis de la lente promenade du héros dans la ville déserte où la statue de Jack l'éventreur indique seule qu'une population de haute culture morale vivait jadis. Dans ce port silencieux, sur ces boulevards aux perspectives parfaites, dans ces jardins magnifiques, qu'il se promène le héros du naufrage et le héros de l'amour. Il est temps que celle que j'aime intervienne dans ce récit.

Dès qu'elle sera là, murmure un être surnaturel, dès qu'elle sera là, cette ville magnifique et ton héros intrépide et indomptable ne sauront plus pourquoi ton imagination leur offre un asile passager.

Silence! Elle viendra avec ses jupons de soie, avec son corsage cerise, avec ses bottes fauves et son fard orangé, elle viendra telle que je l'aime et nous partirons librement à l'aventure.

Dès qu'elle sera là, murmure un être surnaturel, tu seras le galérien rivé à son voisin de banc.

Qu'elle soit bénie, cette galère! qu'ils seront beaux, les rivages que nous apercevrons! qu'elle sera luxueuse la chaîne qui nous unira! qu'elle sera libre, cette galère!

Corsaire Sanglot, de place en place, arrive devant la boutique d'un ébéniste. Ce ne sont que buffets de palissandre et fauteuils de chêne. Il se perd un long moment dans des couloirs où les salles à manger neuves succèdent aux chambres à coucher neuves. Il s'enivre du défilé monotone des lames de parquet soigneusement cirées. De temps à autre, la cage d'un ascenseur ouvrait son puits vide et suspect. Aux plafonds, des lustres périmés, chargés de cristaux, pendaient en grappes de Chanaan reflétant, à l'infini, le promeneur inattendu. Quand il sortit, au crépuscule, la chanson des fontaines publiques peuplait les rues de sirènes imaginaires. Elles s'enlaçaient, tournaient et se traînaient jusqu'aux pieds du corsaire. Muettes, elles imploraient du conquérant la chanson qui les rendrait aux limbes maritimes, mais lui, le gosier sec, ne troubla pas de sa voix les rues et les murs sonores car ses yeux lucides, plus lucides que les yeux de la réalité, discernaient par-delà le désert et les régions habitées l'ombre de la robe de celle que j'aime et à laquelle je n'ai pas cessé de penser depuis que ma plume, animée quoique partie du mouvement propre à l'ensemble, vole dans le ciel blafard du papier. Ma plume est une aile et sans cesse, soutenu par elle et par son ombre projetée sur le papier, chaque mot se précipite vers la catastrophe ou vers l'apothéose.

Je viens de parler du phénomène magique de l'écriture en tant que manifestation organique et optique du merveilleux. Pour ce qui est de la chimie, de l'alchimie de cette calligraphie reconnue belle par d'aucuns, et du seul point de vue, j'insiste et tant pis pour le pléonasme s'il y en a, calligraphique, je conseille aux calculateurs habitués au jeu des atomes de dénombrer les gouttes d'eau oculaires à travers lesquelles ces mots sont passés pour revenir sous une forme plastique se confronter à ma mémoire, de compter les gouttes de sang ou les fragments de gouttes de sang consumés à cette écriture.

Le Corsaire Sanglot marche toujours.

Enfin voici la femme dont j'annonçais la venue, les merveilleuses aventures vont s'enchaîner. Ils vont se heurter à, qu'importe.

Elle est vêtue de soie cerise, elle est grande, elle est, elle est, comment est-elle?

Elle est là.

Je la vois dans tous les détails de sa nature splendide. Je vais la toucher, la caresser.

Corsaire Sanglot s'engage dans, Corsaire Sanglot commence à, Corsaire Sanglot, Corsaire Sanglot.

La femme que j'aime, la femme, ah! j'allais écrire son nom. J'allais écrire « j'allais dire son nom ».

Compte, Robert Desnos, compte le nombre de fois que tu as employé les mots « merveilleux », « magnifique »...

Corsaire Sanglot ne se promène plus dans le magasin d'ameublement aux styles imités.

La femme que j'aime!

V. LA BAIE DE LA FAIM

Navire en bois d'ébène parti pour le pôle Nord voici que la mort se présente sous la forme d'une baie circulaire et glaciale, sans pingouins, sans phoques, sans ours. Je sais quelle est l'agonie d'un navire pris dans la banquise, je connais le râle froid et la mort pharaonique des explorateurs arctiques et antarctiques, avec ses anges rouges et verts et le scorbut et la peau brûlée par le froid. D'une capitale d'Europe, un journal emporté par un vent du sud monte rapidement vers le pôle en grandissant et ses deux feuilles sont deux grandes ailes funèbres.

Et je n'oublie pas les télégrammes de condoléances, ni la stupide anecdote du drapeau national fiché dans la glace, ni le retour des corps sur des prolonges d'artillerie.

Stupide évocation de la vie libre des déserts. Qu'ils soient de glace ou de porphyre, sur le navire ou dans le wagon, perdus dans la foule ou dans l'espace, cette sentimentale image du désordre universel ne me touche pas.

Ses lèvres font monter les larmes à mes yeux. Elle est là. Sa parole frappe mes tempes de ses marteaux redoutables. Ses cuisses que j'imagine ont des appels spontanés vers la marche. Je t'aime et tu feins de

m'ignorer. Je veux croire que tu feins de m'ignorer
ou plutôt non ta mimique est pleine d'allusions. La
phrase la plus banale a des sous-entendus émouvants
quand c'est toi qui m'adresses la parole.

Tu m'as dit que tu étais triste! L'aurais-tu dit à
un indifférent? tu m'as dit le mot « amour ». Comment n'aurais-tu pas remarqué mon émoi? Comment
n'aurais-tu pas voulu le provoquer?

Ou si tu m'ignores, c'est qu'il est mal imprimé, ce
calendrier, toi dont la présence ne m'est pas même
nécessaire. Tes photographies sur mes murs et dans
mon cœur les souvenirs aigus que j'ai gardés de mes
rencontres avec toi ne jouent qu'un bien piètre rôle
dans mon amour! Tu es, toi, grande en mon rêve,
présente toujours, seule en scène et pourtant tu n'es
pourvue d'aucun rôle.

Tu passes rarement sur mon chemin. Je suis à l'âge
où l'on commence à regarder ses doigts maigres, et
où la jeunesse est si pleine, si réelle qu'elle ne va pas
tarder à se flétrir. Tes lèvres font monter les larmes
à mes yeux; tu couches toute nue dans mon cerveau
et je n'ose plus dormir.

Et puis j'en ai assez, vois-tu, de parler de toi à
haute voix.

Le Corsaire Sanglot poursuit sa route loin de nos
secrets dans la cité dépeuplée. Il arrive, car tout arrive,
devant un bâtiment neuf, l'Asile d'Aliénés.

Pénétrer ne fut pour lui qu'une formalité. Le
concierge le conduisit à un secrétaire. Son nom, son
âge et ses désirs inscrits, il prit possession d'une
coquette cellule peinte en rouge vif.

Dès qu'il eut passé la dernière porte de l'asile, les
personnages multiples du génie vinrent à lui.

« Entrez, entrez, mon fils, dans ce lieu réservé aux
âmes mortifiées et que le tendre spectacle de la retraite

prépare votre orgueil à la gloire prochaine que lui
réserve le seigneur dans son paradis de satin et de
sucre. Loin des vains bruits du monde, admirez avec
patience les spectacles contradictoires que la divinité
absolue impose à vos méditations et plutôt que de
vous absorber à définir la plastique de Dieu, laissez-
vous pénétrer par son atmosphère victorieuse des
miasmes légers mais nombreux de la société; que la
saveur même du seigneur émeuve votre bouche destinée au jeûne, à la prophétie et à la communion avec
le dispensateur de tout, que vos yeux éblouis perdent
jusqu'au souvenir des objets matériels pour contempler les rayons flamboyants de sa foi, que votre main
sente le frôlement distinct des ailes archangéliques,
que votre oreille écoute les voix mystérieuses et révé-
latrices. Et si ces conseils vous semblent entachés
d'une satanique sensualité, rappelez-vous qu'il est
faux que les sens appartiennent à la matière. Ils appartiennent à l'esprit, ils ne servent que lui et c'est par
eux que vous pouvez espérer l'extase finale. Pénètre
en toi-même et reconnais l'excellence des ordres de
la sensualité. Jamais elle ne tenta autre chose que de
fixer l'immatériel; en dépit des peintres, des sculpteurs,
des musiciens, des parfumeurs, des cuisiniers, ils ne
visent qu'à l'idée absolue. C'est que chacun de ces
artistes ne s'adresse qu'à un sens alors qu'il convient,
pour avoir accès aux suprêmes félicités, de les culti-
ver tous. Le matérialiste est celui qui prétend les
abolir, ces sens admirables! Il se prive ainsi du secours
efficace de l'idée, or il n'est pas d'idée abstraite. L'idée
est concrète, chacune d'elles, une fois émise, corres-
pond à une création, à un point quelconque de l'absolu.
Privé de sens, l'ascète immonde n'est plus qu'un squelette avec de la chair autour. Celui-là et ses pareils
sont voués aux ossuaires inviolables. Cultivez donc
vos sens soit pour la félicité suprême, soit pour la

suprême tourmente, toutes deux enviables puisque suprêmes et à votre disposition. »

Ainsi parla un pseudo-Lacordaire.

Et prouvez-moi, s'il vous plaît, que ce n'était pas le vrai ? Il était deux heures de l'après-midi. Le soleil s'entrouvrit et une pluie de boussoles s'abattit sur la terre : de magnifiques boussoles de nickel indiquant toutes le même nord.

Le même nord où la mission Albert agonise maintenant parmi les cristaux. Des années plus tard, des pêcheurs des îles de la Sonde recueillent un tonneau, vestige de l'expédition, un tonneau blanc de sel et odorant. L'un des pêcheurs sent grandir en lui l'attrait du mystère. Il part pour Paris. Il entre au service d'un club spécial.

La pluie de boussoles cesse peu à peu sur l'asile. En place d'arc-en-ciel surgit Jeanne d'Arc-en-ciel. Elle revient pour déjouer les manœuvres d'un futur réactionnaire. Toute armée sortie des manuels tendancieux, Jeanne d'Arc vient combattre Jeanne d'Arc-en-ciel. Celle-ci, pure héroïne vouée à la guerre par sadisme, appelle à son secours les multiples Théroigne de Méricourt, les terroristes russes en robe fourreau de satin noir, les criminelles passionnées. La pêcheuse de perles voit grandir les yeux des hommes qui l'écoutent. Enivrée, elle se prend à son propre jeu. Son amant, dans une barque, participe au même rêve.

Alors, la pêcheuse, tirant un revolver de son corsage, là où les faibles mettent des billets d'amour : « Je t'adore, ô mon amant! et voici qu'aujourd'hui, jour choisi par moi seule à cette minute précise, je t'offre la blessure béante de mon sexe et celle sanglante de mon cœur! » Elle dit et pressant son arme sur son sein la voilà qui tombe tandis qu'une petite fumée bleue s'élève à la suite d'une détonation.

La salle se vide en silence. Sur la bouche d'une femme admirable un homme en frac recueille encore un baiser. Jeanne d'Arc-en-ciel, le sein nu et chevauchant un cheval blanc sans selle, parcourt Paris. Et voici que les pétards de dynamite détruisent la stupide effigie en cuivre à casserole de la rue des Pyramides, celle de Saint-Augustin et l'église (une de moins !) par surcroît.

Jeanne d'Arc-en-ciel, triomphant enfin de la calomnie, est rendue à l'amour.

La mission Albert avec ses mâts surmontés d'une oriflamme est maintenant au centre d'une pyramide de glace. Un sphinx de glace surgit et complète le paysage. De la brûlante Égypte au pôle irrésistible un courant miraculeux s'établit. Le sphinx des glaces parle au sphinx des sables.

Sphinx des glaces. — Qu'il surgisse le Bonaparte lyrique. Du sommet de ma pyramide quarante époques géologiques contemplent non pas une poignée de conquérants, mais le monde. Les bateaux à voiles ou à cheminées, jolis chameaux voguèrent vers moi sans m'atteindre et je m'obstine à contempler dans les quatre faces parfaitement polies du monument translucide la décomposition prismatique des aurores boréales.

Sphinx des sables. — Et voici que les temps approchent ! On soupçonne déjà l'existence d'une Égypte polaire avec ses pharaons portant au cimier de leur casque non pas le scarabée des sables, mais l'esturgeon. Du fond de la nuit de six mois, une Isis blonde surgit, érigée sur un ours blanc. Les baleines luisantes détruiront d'un coup de queue le berceau flottant des Moïses esquimaux. Les colosses de Memnon appellent les colosses de Memoui. Les crocodiles se transforment en phoques. Avant peu, les révélations sacrées traceront de grands signes algébriques pour relier les étoiles entre elles.

Sphinx des glaces. — Maux pour le corps, mots pour
la pensée! L'énigme polaire que je propose aux aventuriers n'est pas un remède. Chaque énigme a vingt
solutions. Les mots disent indifféremment le pour et
le contre. Là n'est pas encore la possibilité d'entrevoir
l'absolu.

La pêcheuse de perles, toute sanglotante, et n'ai-je
pas voulu la tuer, mais elle survit à cet attentat moral,
la toute sanglante pêcheuse voit entrer dans la salle
Jeanne d'Arc-en-ciel, sa sœur. Sur les socles inutiles
de la Jeanne de Lorraine, de gigantesques pieuvres
de charbon de terre s'érigent. Les mineurs viendront
y déposer des couronnes et une petite lampe Davis
qui brûlera nuit et jour, en mémoire du sexe poilu
de la véritable aventurière.

Corsaire Sanglot, que j'avais oublié dans la coquette
cellule, s'endort.

Un ange d'ébène s'installe à son chevet, éteint l'élec-
tricité, et ouvre la grammaire du rêve. Lacordaire
parle :

« De même qu'en 1789 la monarchie absolue fut
renversée, il faut en 1925 abattre la divinité absolue.
Il y a quelque chose de plus fort que Dieu. Il faut
rédiger la Déclaration des droits de l'âme, il faut libérer l'esprit, non pas en le soumettant à la matière,
mais en lui soumettant à jamais la matière! »

Jeanne d'Arc-en-ciel en marche depuis des années,
arrive devant le sphinx des glaces, avec, sous le bras,
Le Voyage au centre de la Terre.

Elle demande à résoudre l'énigme.

Énigme.

« Qu'est-ce qui monte plus haut que le soleil et
descend plus bas que le feu, qui est plus liquide que
le vent et plus dur que le granit? »

Sans réfléchir, Jeanne d'Arc-en-ciel répond :

— Une bouteille.

— Et pourquoi ? demande le sphinx.

— Parce que je le veux.

— C'est bien, tu peux passer, Œdipe idée et peau.

Elle passe. Un trappeur vient à elle, chargé de peaux de loutres. Il lui demande si elle connaît Mathilde, mais elle ne la connaît pas. Il lui donne un pigeon voyageur et tous deux poursuivent des chemins contradictoires.

Dans le laboratoire des idées célestes, un pseudo-Salomon de Caus met la dernière main aux épures du mouvement perpétuel. Son système basé sur le jeu des marées et sur celui du soleil occupe quarante-huit feuilles de papier Canson. A l'heure où ces lignes sont écrites l'inventeur est fort occupé à couvrir la quarante-huitième feuille de petits drapeaux triangulaires et d'étoiles asymétriques. Le résultat ne se fera pas attendre.

Comme la onzième heure s'approche toute grésillante du bouillon des alchimistes, un petit bruit se fait entendre à la fenêtre. Elle s'ouvre. La nuit pénètre dans le laboratoire sous l'aspect d'une femme nue et pâle sous un large manteau d'astrakan. Ses cheveux blonds et coupés font une lueur vaporeuse autour de son fin visage. Elle pose la main sur le front de l'ingénieur et celui-ci sent couler une mystérieuse fontaine sous la muraille de ses tempes tourmentées par les migraines.

Pour calmer ces migraines, il faudrait une migration d'albatros et de faisans. Ils passeraient une heure durant sur le pays d'alentour, puis s'abattraient dans la fontaine.

Mais la migration ne s'accomplit pas. La fontaine coule régulièrement.

La nuit s'en va abandonnant sur le lit individuel un bouquet de nénuphars. Au matin, le gardien voit le bouquet. Il questionne le fou qui ne répond pas et dès lors, aux bras de la camisole de force, le malheureux ne sortira plus de sa cellule.

Au petit jour, Corsaire Sanglot a déjà quitté ces lieux dérisoires.

Jeanne d'Arc-en-ciel, la pêcheuse de perles, Louise Lame se retrouvent dans un salon. Par la fenêtre, on voit la tour Eiffel grise sur un ciel de cendres. Sur un bureau d'acajou, un presse-papiers de bronze en forme de sphinx voisine avec une boule de verre parfaitement blanc.

Que faire quand on est trois? Se déshabiller. Voici que la robe de la pêcheuse tombée d'un coup la révèle en chemise. Une chemise courte et blanche laissant voir les seins et les cuisses. Elle s'étire en bâillant cependant que Louise Lame dégrafe minutieusement son costume tailleur. La lenteur de l'opération rend plus énervant le spectacle. Un sein jaillit puis disparaît. La voici nue elle aussi. Quant à Jeanne, elle a depuis longtemps lacéré son corsage et arraché ses bas.

Toutes trois se mirent dans une psyché et la nuit couleur de braises vives les enveloppe dans des reflets de réverbères et masque leur étreinte sur le canapé. Leur groupe n'est plus qu'éclaircies blanches dues aux gestes brusques et masse mouvante animée d'une respiration unique.

Corsaire Sanglot passe sous la fenêtre. Il la regarde distraitement comme il a regardé d'autres fenêtres. Il se demande où trouver ses trois compagnes et continue sa promenade. Son ombre projetée par un phare d'automobile tourne au plafond du salon comme une aiguille de montre. Un instant, les trois femmes la contemplent. Longtemps après sa disparition, elles se demandent encore la raison de l'inquiétude qui les tourmente. L'une d'elles prononce le nom du corsaire.

« Où est-il à cette heure? mort peut-être? » et jusqu'au soir elles rêvent au coin du feu.

La mission Albert a été découverte par des pêcheurs de baleines. Le bateau emprisonné dans les glaces ne recelait plus que des cadavres. Un drapeau fiché dans la banquise témoignait de l'effort des malheureux navigateurs. Leurs restes seront ramenés à Oslo (anciennement Christiania). Les honneurs seront rendus par deux croiseurs. Une compagnie de marins veillera leurs dépouilles jusqu'à l'arrivée du cuirassé qui les ramènera en France.

L'asile d'aliénés, blanc sous le soleil levant, avec ses hautes murailles dépassées par des arbres calmes et maigres, ressemble au tombeau du roi Mausole. Et voici que les sept merveilles du monde paraissent. Elles sont envoyées du fond des âges aux fous victimes de l'arbitraire humain. Voici le colosse de Rhodes. L'asile n'arrive pas à ses chevilles. Il se tient debout, au-dessus, les jambes écartées. Le phare d'Alexandrie, en redingote, se met à toutes les fenêtres. De grands rayons rouges balayent la ville déserte, déserte en dépit des tramways, de trois millions d'habitants et d'une police bien organisée. D'une caserne, la diane surgit sonore et cruelle, tandis que le croissant allégorique de la lune achève de se dissoudre à ras de l'horizon.

Les jardins du Champ-de-Mars sont parcourus par un vieillard puissant, au front vaste, aux yeux sévères. Il se dirige vers la pyramide ajourée de la tour. Il monte. Le gardien voit le vieillard s'absorber dans une méditation profonde. Il le laisse seul. Le vieillard alors enjambe la balustrade, se jette dans le vide et le reste ne nous intéresse pas.

Il y a des instants de la vie où la raison de nos actes nous apparaît avec toute sa fragilité.

Je respire, je regarde, je n'arrive pas à assigner à

mes réflexions un champ clos. Elles s'obstinent à tra-
cer des sillons entrecroisés.

Comment voulez-vous que le blé, préoccupation
principale des gens que je méprise, puisse y germer.

Mais le Corsaire Sanglot, la chanteuse de music-hall,
Louise Lame, les explorateurs polaires et les fous,
réunis par inadvertance dans la plaine aride d'un
manuscrit, hisseront en vain du haut des mâts blancs
les pavillons noirs annonciateurs de peste s'ils n'ont
auparavant, fantômes jaillis de la nuit profonde de
l'encrier, abandonné les préoccupations chères à celui
qui, de cette nuit liquide et parfaite, ne fit jamais
autre chose que des taches à ses doigts, taches propres
à l'apposition d'empreintes digitales sur les murs ripo-
linés du rêve et par là capables d'induire en erreur
les séraphins ridicules de la déduction logique per-
suadés que seul un esprit familier des majestueuses
ténèbres a pu laisser une trace tangible de sa nature
indécise en s'enfuyant à l'approche d'un danger comme
le jour ou le réveil, et loin de penser que le travail
du comptable et celui du poète laissent finalement les
mêmes stigmates sur le papier et que seul l'œil perspi-
cace des aventuriers de la pensée est capable de faire
la différence entre les lignes sans mystère du premier
et le grimoire prophétique et, peut-être à son insu,
divin du second, car les pestes redoutables ne sont
que tempêtes de cœurs entrechoqués et il convient de
les affronter avec des ambitions individuelles et un
esprit dégagé du stupide espoir de transformer en
miroir le papier par une écriture magique et efficace.

VI. PAMPHLET CONTRE LA MORT

Le corps de Louise Lame fut placé dans un cercueil, et le cercueil sur un corbillard. La voiture ridicule prit le chemin du cimetière Montparnasse. Fleuve traversé, maisons longées, arrêts des tramways devant le cortège, coups de chapeau des passants, différences de vitesses du convoi, ce qui fait que l'assistance se heurte ou s'essaime, conversation des croque-morts...

1er croque-mort. — Il y avait dans mon pays une grande maison. Celui et celle qui l'habitaient pouvaient à loisir faire cueillir des fleurs sur toute la campagne avoisinante tant la maison donnait un privilège certain à ses habitants. Mais eux, la vague et le socle des statues se soucient davantage l'une du sel qui s'amasse en cônes dans les marais artificiels, l'autre du pigeon voyageur qui passe dans le ciel avec une lettre d'amour sous l'aile. « Ma chère Mathilde, les grandes loutres du pays polaire et les loups chaudement fourrés viennent se jeter à la gueule de nos carabines quand je prononce ton nom. J'ai trouvé en pleine steppe un calvaire. Le Christ quand je l'ai touché s'est effrité comme un vieux mammouth congelé et les chiens de mon traîneau l'ont dévoré. Et ils ne s'étaient pas confessés. Mais il n'y a pas de confesseurs pour chiens. Ils étaient à jeun. Ma chère petite

Mathilde, ton amant, ton amant... », qu'eux ne se souciaient des fleurs. Ils creusaient un grand souterrain sous leur demeure et voulaient atteindre la mer en se frayant ce passage, soigneusement étayé, à travers le terreau mou, les couches calcaires, les débris fossiles, les cavernes souterraines, cavernes souvent traversées par un ruisselet pur, hérissées de stalactites et de stalagmites, parfois illustrées de dessins préhistoriques ou encombrées d'ossements difficilement identifiables, sans craindre la nuit parfaite du sous-sol ni l'ensevelissement prématuré. Ils atteignirent la mer après six ans d'efforts. Le flot jaillit avec la lumière et les noya. Un geyser salé qui monte de la maison abandonnée est la seule trace de cette aventure.

2e croque-mort. — Le moulin à café ronronnait dans les mains de la cuisinière. Puis dans le silence du verger ce fut le cri pathétique et soudain du concierge : « Madame se meurt! Madame est morte! » La pauvre femme était morte en effet, et luxueusement : oreiller de carottes et linceul de fleurs de pêcher. Et depuis, dans la maison en deuil, jamais n'a cessé de retentir le ronronnement du moulin à café dans les mains rudes de l'invisible cuisinière en tablier bleu et jamais ne sont passés impunément devant les fenêtres closes l'amant sans témérité et le prêtre de mauvais augure.

3e croque-mort. — Quand il eut été augmenté, le Juif errant acheta une bicyclette. Il passait sur les routes, de préférence celles qui suivent la cime des collines, et le soleil projetait en les agrandissant les roues du vélocipède en cercles d'ombres mouvants qui traînaient sinistrement sur les champs et sur les hameaux. Des places calmes sont nées de son passage. Le signal du chemin de fer se meut lentement. Une bergère lointaine, à l'heure du crépuscule, relève sa jupe large plus haut que les seins et s'expose au bord de la route à la surprise du touriste problématique.

Le Juif errant, tenez, le voilà qui passe, place de l'Opéra.

4e croque-mort. — Deux arbres s'étreignent en secret, une nuit. Au petit jour, ils regagnent chacun le territoire restreint attribué à leurs racines et, peu de temps après, un chasseur s'arrête, étonné, devant la trace de leur déplacement. Il rêve à l'animal fabuleux qui, selon lui, en est l'auteur. Il charge soigneusement son fusil et, toute la journée, arpente la contrée. Il ne tue qu'un corbeau qu'il ne se donne même pas la peine de ramasser. Au soir tombé, le corbeau reprend ses esprits. Il monte haut dans l'air, étend ses ailes. Le lendemain est jour de brouillard avec un soleil rouge comme une tomate au travers; le surlendemain, jour de brouillard avec au travers un soleil comme un jaune d'œuf pâle étalé et ainsi de suite durant trois mois jusqu'à la nuit perpétuelle. Les paysans mettent le feu à la forêt pour s'éclairer. Des nuées de corbeaux s'envolent. Le lendemain, grand jour, mais un petit tas de braise là où furent les deux arbres, trente-trois petits corbeaux dans les champs labourés, deux ailes gris pâle dans le dos du chasseur. Deux ailes qui foncent chaque soir et s'éclaircissent de moins en moins à chaque lever de soleil. A la fin, il est l'archange d'ébène et son fusil terrorise les méchants. Puis, un chaud midi, les ailes se mettent à battre sans qu'il le veuille. Elles l'emportent très haut, très loin. Nul depuis, dans son pays natal, ne grave d'initiales au tronc des vieux chênes.

Le convoi suivait une avenue quand le quatrième croque-mort termina son histoire.

Qu'il aille donc au diable le corbillard de Louise Lame, et le corps de Louise Lame et son cercueil et les gens qui se découvrent et ceux qui suivent. Que m'importe à moi cette carcasse immonde et ce défilé

de carnaval. Il n'est pas de jour où l'image ridicule
de la mort n'intervienne dans le décor mobile de mes
rêves. Elle ne me touche guère, la mort matérielle,
car je vis dans l'éternité.

L'éternité, voilà le théâtre somptueux où la liberté
et l'amour se heurtent pour ma possession. L'éternité
comme une immense coquille d'œuf m'entoure de
tous côtés et voici que la liberté, belle lionne, se métamorphose à son gré. La voici, tempête conventionnelle
sous des nuages immobiles. La voici, femme virile
coiffée du bonnet phrygien, aux tribunes de la Convention et à la terrasse des Feuillants. Mais déjà femme
est-ce encore elle cette merveilleuse, encore ce mot
prédestiné dans l'olympe de mes nuits, femme flexible
et séduite et déjà l'amour ? L'amour avec ses seins
rudes et sa gorge froide. L'amour avec ses bras empri-
sonneurs, l'amour avec ses veillées mouvementées, à
deux, sur un lit tendu de dentelles.

Je ne saurais choisir, sinon que demeurer ici sous
la coupole translucide de l'éternité.

Le caveau de famille se dresse à ras de terre à
l'ombre du tombeau de Dumont d'Urville. Et croyez-
vous que le monument funéraire de ce dernier, beau
cône rouge brique évocateur d'Océanies, me retienne
à ce terrain meublé où la plupart bornent leur destinée. Pas plus que l'océan, pas plus que le désert, pas
plus que les glaciers, les murs du cimetière n'assignent
de limites à mon existence tout imaginaire. Et cette
matérielle figure, le squelette des danses macabres,
peut frapper s'il lui plaît à ma fenêtre et pénétrer
dans ma chambre. Elle trouvera un champion robuste
qui se rira de son étreinte. Faiseurs d'épitaphes, mar-
briers, orateurs funèbres, marchands de couronnes,
toute votre engeance funéraire est impuissante à briser le vol souverain de ma vie projetée, sans raison
et sans but, plus loin que les fins de mondes, les

Josaphat's Kermesses et les biographies. Le corbillard de Louise Lame peut poursuivre dans Paris un chemin sans accidents, je ne le saluerai point au passage. J'ai rendez-vous demain avec Louise Lame et rien ne peut m'empêcher de m'y rendre. Elle y viendra. Pâle peut-être sous une couronne de clématites, mais réelle et tangible et soumise à ma volonté.

La destinée ne démentit pas mon espoir.

Louise Lame morte vint me rejoindre et nul parmi ceux que nous rencontrâmes ne put remarquer le changement qui s'était effectué en elle. A peine une odeur de tombeau se mêlait-elle à l'ambre dont elle était parfumée, odeur de tombeau que je connais bien pour l'avoir respirée maintes fois à ras des draps fatigués par des plis nombreux, vus au petit jour comme les flots contradictoires et figés d'une marée matinale ou plutôt, en raison des ondes contraires déterminées par le froissement des membres aux vestiges d'un corps lancé dans un liquide, par exemple un homme dans un fleuve, avec si bon vous semble une pierre au cou : des ronds concentriques. Car tout prête à l'évocation de la mort. Depuis les bouteilles, corps humains enterrés depuis les beaux jours du sphinx dans les bandelettes balsamiques des Égyptiens jusqu'au porte-plume qui, s'il est noir, est un corbeau volant si vite qu'il se transforme en une ligne mince pour se heurter au coq de l'église, la plume, dominant le cimetière des mots écrits et qui achèvent de se dessécher sur le marbre blanc du papier. S'il est rouge, c'est la flamme matérielle d'un enfer de chromo ou celle idéale du four crématoire. Le chapeau, c'est l'auréole des saints ou les couronnes du dernier jour quand les rois n'ayant pas obéi au signal de l'étoile vont en sens inverse demander à la terre ce qui appartient à l'âme avec leurs symboles dérisoires : diadèmes de porcelaine, casques de perles artificielles et de fil de fer et les mille regrets et les à mon amant en place de valets de pied.

Et de même, la bouteille, n'est-ce pas la femme érigée toute droite au moment du spasme, et le rêveur insensible dans le vent et le téton pour la bouche de l'amant et le phallus. Et le porte-plume aussi, obscène et symbolique dans la main du poète, et le chapeau fendu comme un sexe ou rond comme une croupe. Toutes ces images opèrent un nivellement dans l'esprit. Tous ces éléments comparables à un même accessoire ne sont-ils pas égaux ? la mort à la vie et à l'amour comme le jour à la nuit.

Passe-passe, éternel ressort des mathématiques et des métaphysiques ! Il n'est rien qui ne puisse se démentir et je méprise vraiment ceux qui restent entre les deux pôles brûlants de la pensée sur l'équateur froid du scepticisme. Lieux communs qui heurtent les croyances les plus élevées, par quel abus de confiance s'autorise-t-on de vous pour vivre à petites gorgées ? Alors que par le vent stupide qui vous anime il fait si bon se laisser emporter.

Mon esprit lui est soumis comme au fusil la balle. Qu'ils me font rire ceux qui prétendent faire autre chose dans cette tempête que des gestes désespérés de moulins à vent, des contorsions de cerfs-volants, des mouvements arbitraires d'ailes, ceux qui se prétendent timonniers capables d'aller au port, ceux pour qui doute n'est pas synonyme d'inquiétude, ceux qui sourient finement !

Le but ? Mais c'est le vent même, la tempête et quel que soit le paysage qu'ils bouleversent, ne sont-ils intangibles et logiques ?

Ce sont les hommes qui sont imbéciles, ayant basé les voiles des navires sur le même principe que la tornade, de trouver le naufrage moins logique que la navigation.

Que je les méprise ceux qui ignorent jusqu'à l'existence du vent.

Mieux vaut le nier tout en restant son jouet.

— Mais la mort?

— C'est bon pour vous.

VII. RÉVÉLATION DU MONDE

Vers le milieu de l'après-midi, Corsaire Sanglot se trouva (ou se retrouva) sur un boulevard planté de platanes. Eût-il cheminé longtemps si son attention n'avait été attirée par une femme nue reposant sur le trottoir. Jadis, sur cette gorge, Louise Lame avait mis des baisers scandaleux à l'égard de la populace. Puis des rues adjacentes les avaient attirées en sens contraires. Elles ne s'étaient jamais revues. Quant à la présence de ce cadavre nu dans un quartier qui devait être celui des Invalides ou celui de Monceau, à en juger par un dôme doré émergeant des toits des immeubles modernes, nul n'aurait pu l'expliquer. Tout autre que Corsaire Sanglot eût continué son chemin après une minute d'hésitation, mais en prenant le ciel et les arbres et l'impassible macadam à témoin que cette femme était adorable, en dépit de la rigidité cadavérique, il eût senti germer en son cœur un sentiment étrange, celui que l'amour et la mort seuls peuvent, quand ils se rencontrent, faire naître dans une âme respectable. Paysage de l'émotion, région supérieure de l'amour où nous construisons des tombeaux jamais occupés, lorsque la métamorphose physique finale est évoquée en votre présence l'homme prend quelque noblesse.

Corsaire Sanglot n'eut pas besoin de suivre son chemin pour que les allées de cyprès du songe solitaire connussent les semelles de son imagination.

Il avisa un immeuble de pierre meulière situé sur le trottoir apposé à celui de la belle morte. Au balcon du second étage une enseigne, semblable par le style et la matière (des lettres d'or sur fond noir) à celles des modistes, reflétait un soleil nègre :

A LA MOLLE BERTHE

Corsaire Sanglot n'hésita pas. Il entra dans le couloir. La concierge, une belle sirène, était en train de changer d'écailles, suivant la volonté de la saison. C'étaient, dans la loge meublée d'une table, d'un buffet et d'un cartel Henri-II, des tourbillons d'écailles vertes et blanches. Bientôt, la métamorphose fut terminée et la sirène lissa une magnifique queue d'écailles blanches ressemblant à de la laine. Mais le corsaire montait les étages avec rapidité.

La sirène dressa vers l'escalier sa main blanche et palmée :

« Prends garde, Corsaire Sanglot, pillard de méduses, ravageur d'astéries, assassin des requins ! On ne résiste pas impunément à mon regard. »

Arrivé au deuxième étage, le jeune homme sonna à la porte d'un appartement. Un valet de haute taille, galonné et doré, vint lui ouvrir et l'introduisit dans un vaste salon. Il prit place dans un fauteuil de cuir non loin d'une petite table genre table de bridge. Les valets du club des Buveurs de Sperme s'empressèrent autour de lui. Après avoir choisi un cru de choix, du sperme sénégalais année du naufrage de *La Méduse*, Corsaire Sanglot alluma une cigarette.

Le club des Buveurs de Sperme est une immense organisation. Des femmes payées par lui masturbent par le monde les plus beaux hommes. Une brigade spéciale est consacrée à la recherche de la liqueur féminine. Les amateurs goûtent fort également certain mélange recueilli dans la vasque naturelle après d'admirables assauts. Chaque récolte est enfermée dans une petite ampoule de cristal, de verre ou d'argent, soigneusement étiquetée et, avec les plus grandes précautions, expédiée à Paris. Les agents du club sont d'un dévouement à toute épreuve. Certains ont trouvé la mort au cours d'entreprises périlleuses, mais chacun poursuit sa tâche passionnément. Mieux, c'est à qui aura une idée géniale. Celui-ci recueille le sperme du condamné guillotiné en France ou pendu en Angleterre, ce qui donne à chacune de ces émissions et suivant la torture, le goût du nénuphar ou celui de la noix. Celui-là assassine des jeunes filles et remplit ses ampoules de la liqueur séminale que leurs amants laissent échapper sous l'emprise d'une surprise douloureuse quand ils apprennent de sa bouche même la terrible nouvelle. Cet autre, engagé dans un pensionnat d'Angleterre, recueille la preuve de l'émoi d'une jeune pensionnaire quand, étant parvenue à la puberté sans que les maîtresses s'en soient aperçues, elle doit, pour une faute vénielle, recevoir, jupes retroussées et culotte basse, la fessée et les verges en présence de ses compagnes et peut-être d'un collégien, amené là par le hasard, dieu des joies amoureuses. Les fondateurs du club, derniers occultistes, se sont réunis pour la première fois au début de la Restauration. .Et depuis lors, de pères en fils, l'association s'est perpétuée sous l'égide double de l'amour et de la liberté. Certain poète a déploré jadis que la société n'ait pas été fondée aux derniers jours de l'ère ancienne. On aurait pu de la sorte recueillir et le sperme du

Christ et celui de Judas puis, au cours des siècles, celui de Charles Stuart d'Angleterre, celui de Ravaillac et les larmes corporelles de Mlle de Lavallière sur la route de Chaillot au trot sensuel des chevaux qui traînaient son carrosse et celles de Théroigne de Méricourt sur la terrasse des Feuillants et les spermes admirables qui coulèrent aux années rouges sur les estrades révolutionnaires aussi sûrement que le sang auquel ils se mélangèrent. Un autre regretta toujours la perte du divin breuvage que dut être le Malvoisie dans lequel un duc de Clarence fut noyé.

Les membres du club aiment la mer. L'odeur phosphorée qui s'en dégage les grise et, parmi les débris des grèves, épaves de navires, arêtes de poissons, reliquats de villes submergées, ils retrouvent l'atmosphère de l'amour et ce halètement qui, à la même heure, témoigne à notre oreille de l'existence réelle d'un imaginaire, pêle-mêle avec le crissement particulier du varech qui se dessèche, les émanations de ce magnifique aphrodisiaque l'ambre marine, et le clapotis des vagues blanches contre le sexe et les cuisses des baigneuses au moment précis où, atteignant enfin leur ceinture, elles plaquent le maillot contre la chair. Depuis combien de temps Sanglot buvait-il ? La nuit tomba ! Un nombre considérable d'ampoules brisées gisait à ses pieds à l'apparition de la première étoile, depuis celle en verre blanc du Sénégalais jusqu'à celle jaune des Esquimaux dont l'essence ne supporte pas la lumière du jour, habitués qu'ils sont à n'aimer que durant les six mois de ténèbres polaires.

Pareil à l'ombrelle qui, par la fantaisie déployée, protège tout à coup une belle nageuse seule survivante de la catastrophe au moment où, sous le soleil, elle va succomber à l'insolation avant d'atteindre une terre secourable, le Bébé Cadum érigé sur la maison d'en face frappa le regard du buveur.

— Imaginez, Monsieur, lui dit son voisin, la stupeur de la jeune fille, liée par surprise et déshabillée, devant qui des hommes et des femmes nus prennent des attitudes frappantes, cependant qu'un bel indigène des îles de la Sonde la caresse au plus secret d'elle-même en tenant au-dessous d'elle une coupe à champagne. Cette stupeur a donné à ce liquide la saveur du pin maritime qui le caractérise.

— Pour ma part, je préfère, dit un autre consommateur, le sperme mâle au sperme femelle.

Ici une curieuse conversation sous l'influence du sperme.

— Femme Sperle?

— Plutôt semelle.

— Semelle? Semaine? le temps et l'espace. Tout rapport entre eux est celui de la haine et des ailes.

— L'oseille est en effet un mets de choix, un mets de roi.

— Mois, déchet.

— Mot à mot, tome à tome, motte à motte, ainsi va la vie.

— Enfin voici que l'heure sonne.

— Que sœur l'aune.

— La sœur de qui? demanda Corsaire Sanglot.

— Le cœur décis, décor ce lit.

— Feux intellectuels vulgaires.

— A l'heure actuelle, un ministre s'engouffre dans un corridor d'air et de tempête. Sa Légion d'honneur voltige un instant comme une hirondelle et s'abat. Un deuxième, un troisième ministre le suivent. Autant de poissons rouges dans un aquarium séduisent une coccinelle et cela fait une curieuse tragédie que le désespoir de ces animaux, faits pour s'aimer et qui, séparés par une paroi de verre, tournent en sens contraire.

Un arrivant. — Imaginez, Messieurs, l'émoi d'une

femme robuste et fière et hautaine, d'assez grande
taille, réduite à l'impuissance et qu'un jeune homme
sodomise avec précaution, sans l'avoir complètement
déshabillée. Les jupons et la jupe font bourrelet entre
le ventre et la croupe. Le pantalon descendu aux
genoux, les bas de soie plissés constituent un désordre
adorable. Par-devant, les vêtements tombent presque
normalement. Là où ils commencent à se relever on
distingue un peu de chair blanche et, dans la pénombre
du linge chiffonné, on devine le profil des fesses. Le
jeune homme, après avoir lubrifié la chair ferme,
écarte les deux fesses. Il pénètre lentement avec tendresse et régularité. Un émoi nouveau tourmente la
patiente, une humidité révélatrice du plaisir apparaît.
Avec une cuillère d'argent, une petite fille recueille
délicatement ces larmes sacrées et les dépose dans un
petit pot de grès rouge, puis, s'introduisant, grâce à
sa faible taille, presque entièrement sous les jambes
du couple, elle ne laisse perdre rien de la semence
qui mousse autour du membre qui s'agite. Quand
l'amour, tango superbe, est devenu une tempête de
cris et de sanglots, elle recueille au bord de l'ourlet
une neige tiède et odorante; quand l'orifice est bien
net, elle y applique sa bouche, minuscule et rouge
ventouse. Elle aspire longuement, mélange intimement à sa salive et le pot de grès reçoit encore cette
mixture. Pour terminer, la femme agenouillée laisse
l'enfant recueillir ses larmes de honte, de colère, de
joie, de fatigue.

— Ainsi avons-nous voulu que fût pressée la grappe
merveilleuse. Aucune idolâtrie n'entre en notre passion. Hâtez-vous de rire, religieux déifages, francs-
maçons idiots. Un instant notre imagination trouve en
ce festin une raison de s'élever plus haut que les neiges
éternelles. A peine la saveur merveilleuse a-t-elle

pénétré notre palais, à peine nos sens sont-ils émus
qu'une image tyrannique se substitue à celle de l'as-
cension amoureuse : celle d'une route interminable et
monotone, d'une cigarette immense qui dégage un
brouillard où s'estompent les villes, celle de vingt
mains tendant vingt cigarettes différentes, celle d'une
bouche charnue.

Et le Corsaire Sanglot s'écria :

— Je pense aux mystères impérieux du langage.
Le mot hafnal qui figure dans la *Chanson du dékiouskou-
tage* et signifie « cul », vient de la locution anglaise
half and half qui, littéralement, signifie moitié et moitié. Le mot *Présent* a pour superlatif *Président :* celui
qui est et qui est au-dessus des autres. Le mot *ridicule*
est une déformation de *ride-cul,* déformation facile à
expliquer quand on aura constaté qu'en riant on
ouvre la bouche, d'où excès de peau qui se traduit
par de petits plissements à l'orifice opposé. Il est donc
logique que le ridicule provoque le rire.

Ce discours éveilla le silence dans l'esprit des
membres du club des Buveurs de Sperme. Le Bébé
Cadum toussa longuement sur le toit de la maison
d'en face et, à ce moment précis, quatre ombres se
glissèrent jusqu'au cadavre de femme nue gisant sur
le trottoir, le soulevèrent sur leurs épaules et dispa-
rurent. A la même heure, dans un hôtel meublé,
deux femmes, agents du club, masturbaient soigneusement, sous menace de revolvers, deux jeunes hommes
ahuris en qui naissait l'amour.

Un homme brun et rêveur rompit le respectable
silence où se complaisaient les buveurs.

« Qu'on imagine l'amour sous telle, telle ou telle
forme, je me refuse à le séparer d'un sentiment d'angoisse et d'horreur sacrées. Quand je connus Marie,
dactylographe de seize ans, de grandes ailes pourpres
battaient sans cesse à mes oreilles. Il n'était pas de

minute où, malgré les contingences, des sentiers neufs
et luisants ne reflétassent à l'infini mon visage lyrique
et transfiguré. Je l'embrassai un jour, à la faveur d'un
couloir, tandis que le patron, un commerçant laid,
rogue et barbu, la réclamait à grands cris dans l'offi-
cine où sa vigilance têtue conservait la poussière
séculaire amassée par trois générations mercantiles et
crasseuses. Le prestige de la poésie où je vivais me
rendait-il beau ? encore que je n'aie jamais cru à ma
laideur, mais la tendre, blonde et timide Marie reçut
mon baiser en rougissant. Ainsi en fut-il de même
plusieurs fois durant les semaines qui suivirent. Un
instant suffisait pour que, tombé à ses genoux, entre
deux piles de livres comptables, je lui fisse des décla-
rations enflammées, ridicules et touchantes comme
celles des personnages de certains romans. Mon âme
ne participait point à ces jeux. L'appréhension des
déchirements amoureux me gagnait et tandis que
Marie se laissait envahir par l'ivresse de sa première
aventure, j'écoutais religieusement en moi-même une
voix questionneuse qui me mettait en présence de
problèmes métaphysiques et peuplait mon insomnie
de préoccupations terribles où la sentimentalité, ressort principal de mon antagoniste, ne tenait aucune
place. Le gazon roulait en pente douce vers un pré-
cipice. Chaque jour je décidais de ne pas renouveler
le stupide et stérile manège. Chaque jour le visage
enfantin, le regard clair exprimaient une telle désillusion quand, malgré l'heure tardive, je n'avais fait
aucune des démonstrations habituelles que, pris entre
deux paradis, celui de l'amour qu'elle avait pour moi,
celui d'une certaine noblesse à lui ménager la douleur, je me précipitais de nouveau aux genoux de la
fillette. Un jour d'été, vers midi, alors que je voyais
par la fenêtre le soleil dorer une bâtisse administra-
tive, que je m'exaltais à ses genoux et qu'elle rêvait,

ma main souleva les jupes. J'aperçus le pantalon de
petite fille bien sage. Il était fendu, un peu de chair
à peine ombragée paraissait. Son visage n'exprima
nulle indignation, mais la stupeur du miracle. Avec
une force insoupçonnée elle rabattit ses jupes et je ne
pus que saisir à pleines mains ses fesses, à travers le
pantalon. Elle frémit et se dégagea.

« Je n'en fis jamais davantage jusqu'à mon départ
de cette maison où les escargots traînaient sur le papier
tricolore de la comptabilité en partie double.

« Je me félicitai de cette séparation brutale qui
mettait fin à une pénible situation. Je ne l'aimais
vraiment pas en particulier, je l'aimais en général.
Ma tendresse pour elle était grande et l'idée de sa
douleur me donnait une inconcevable souffrance.

« A quelques mois de là, je la rencontrai. De loin
je la vis venir longtemps avant qu'elle ne me remar-
quât. Je pensai me cacher mais une force impérative
me retint. A quelques mètres de distance, nos regards
se croisèrent. Le visage inoubliable et songeur s'illu-
mina. Une surprise angélique, une joie profonde
affleurèrent à sa peau. Elle vint vers moi et, sans mot
dire, nous descendîmes vers la Seine par une rue triste
aux balcons chargés d'enseignes dorées. Arrivés non
loin de Notre-Dame, au square de l'Archevêché, nous
nous arrêtâmes. Elle écouta les explications insuffi-
santes que je lui donnai de mon silence et, de nouveau, j'obéis à la prière de ses yeux et l'embrassai.

« Je la revis plusieurs fois vers une heure de l'après-
midi, dans ce jardin tranquille, sans jamais réaliser mes
velléités d'absence définitive. J'étais toujours ramené
vers elle. Parfois, je restais huit à dix jours sans venir.
Elle, patiemment, venait chaque jour à la même
heure, par pluie ou soleil, attendre mon retour. Il
se produisait en effet. Les mensonges et les baisers à
la bouche, je revenais...

« Certain jour, avant de la rejoindre, je déboutonnai mon pantalon sous le pardessus. Notre baiser me donna une angoisse exquise.

« — Marie, lui dis-je, regardez-moi.

« Elle obéit. Le square était désert.

« — Mon pardessus est boutonné. Mais en dessous il y a quelque chose. Déboutonnez mon pardessus.

« — Non. Pour quoi faire ?

« — Réfléchissez que je ne vous verrai plus.

« Des larmes vinrent à ses yeux.

« — Déboutonnez.

« — Non, dit-elle, je vous en prie.

« — Petite fille, que craignez-vous ? Il faudra bien qu'un jour...

« Elle hésita encore, puis se décida et, les yeux baissés, défit les trois boutons.

« — Regardez, Marie.

« Mais elle fixait obstinément le regard à terre.

« — Regardez.

« Un sourire puéril errait sur ses lèvres. Elle regarda rapidement.

« J'insistai encore, à plusieurs reprises et, à chaque fois, tandis que le rouge la rendait plus charmante, elle jeta de furtifs coups d'œil.

« Chaque jour la tentation me reprit. Je l'amenai successivement à déboutonner la braguette, à dénuder la chair qui palpitait.

« Nous nous rencontrâmes alors dans l'église Saint-Julien-le-Pauvre, sous prétexte de visites au Patis de Dante et là, devant la statue de M. de Montyon, elle m'embrassa sur la bouche en m'étreignant de sa petite main. Devant elle, je me masturbai ; je la contraignis à accomplir l'affolante manœuvre. Ses grands yeux, sa chevelure blonde, son costume enfantin me troublaient. Elle accomplissait mes ordres à regret, avec tristesse, mais avec la joie de me satisfaire. Je lui fis palper toutes les parties secrètes de mon corps. Jamais je ne parvins à poser mes lèvres plus haut que la séparation de la jarretelle et du pantalon, un pantalon de petite fille, comme j'ai déjà dit, brodé, ourlé et orné d'entre-deux maladroitement cousus.

« Enfin, quand elle m'eut littéralement possédé, sans me rien donner en échange (j'aurais pu, cependant, l'amener à la rencontre finale sur un lit d'angoisse), je m'arrachai aux visites désolantes. Elle téléphona plusieurs fois là où le travail m'avait enchaîné de nouveau. Je fis répondre par un ami que j'étais en voyage très loin, dans le premier pays imaginé : la Pologne.

« J'entendais à l'écouteur sa petite voix tremblante et désillusionnée.

« Elle me visite parfois, sur un gravier de souvenirs, à l'heure du sommeil. »

Les assistants se faisaient loquaces. Un autre conta son histoire.

« Admirable Lucie ! Elle était mannequin dans une maison de deuil. Tout le jour, elle essayait des costumes noirs devant des veuves éplorées, des mères sans larmes, des orphelines abruties. Sous la guimpe de crêpe ou libre dans un corsage presque galant, sa gorge palpitante et laiteuse appelait le désir de l'amant fatigué du monde et qui vient demander à l'amour un opium qui échappe aux lois. Les voiles cérémoniaux qui l'enveloppaient quadrillaient sa chair de funéraire mais d'érotique façon. C'était tantôt le vêtement austère au col fermé, aux manches longues, le voile rabattu sur le visage, tantôt le corsage largement échancré dénudant la naissance du cou et l'accolade des seins, les manches courtes ou transparentes, les bas de soie. A la seule vue de cette apparition séduisante, certaines femmes désiraient non plus vivre comme par le passé, mais loin de tout, une existence dramatique, tissée de brume et marquée de baisers sanglants, un amour claustral, exclusif et ravissant. Des petites filles l'auraient appelée maman, résumant en ce mot une tendresse qui n'avait rien de filial. Lucie était, hors de la maison de couture qui l'employait, toujours vêtue de bleu. Elle mettait à se vêtir de cette couleur autant d'obstination que la destinée à la vêtir de deuil.

« Je l'avais vue à travers une baie de son magasin, situé près de la Madeleine. Un rendez-vous inscrit avec le doigt sur la buée de la vitre me surexcita jusqu'au soir. Grande alors fut ma stupéfaction quand un immense papillon bleu pâle s'approcha de moi. La poussière de ses ailes subsista longtemps dans la doublure de mes vêtements.

« C'est là toute l'histoire de Lucie, plus une coupure de journal relatant la découverte dans un torrent d'Auvergne d'un cadavre décapité de femme nue. »

Le salon du club était envahi par les lumières et les ombres multiples. Ombres des fauteuils, ombres des buveurs, ombres du châssis des fenêtres sur le ciel, et dans chacune de ces ombres, les buveurs nichaient leur plus cher amour, ailes battantes, et frissonnant encore du sang tumultueux qui les avait baignés jusqu'à ce soir où ils se libéraient, pour venir un instant se réfugier parmi les papillons nocturnes.

Les uns après les autres, les buveurs contaient :

« Œil de Roger, bouche de Roger, mains, mains surtout, longues et pâles, mains de Roger, c'est à ces fragments d'un personnage adoré que je me raccroche ce soir comme les autres soirs où j'imagine ma mort avec tant d'exactitude que l'eau m'en vient à la bouche et que mes yeux se brouillent sans larmes.

« J'imagine Roger tel qu'il se présentait à mes yeux gonflés le matin, quand le jour cruel venait traîner ses manches sur nos fronts, éclairant le lit où nous

nous étions réunis. Ses muscles polis et son front pur,
son souffle régulier, le puissant et souple mouvement
de sa poitrine, tout concourait à lui donner le physique de l'homme parfait, du mâle. Moi-même, si j'ai
vieilli, ai conservé encore quelque vigueur et vous me
croyez sans peine quand je vous dis que j'étais fort,
agile et que ma taille élevée, sans embonpoint, mais
point frêle, faisait de moi un assez beau spécimen de
la race. C'était donc deux mâles qui, la nuit, se
combattaient sans trêve, l'un cédant à l'autre à tour
de rôle. Notre pédérastie n'avait rien d'hybride et
nous ne montrions, l'un et l'autre, que du mépris ou
plutôt une ignorance méprisante pour les filles man-
quées. Nous les écartions de notre chemin ces cœurs
de femelles, ces cervelles de papier-filtre. Nous nous
éloignions soigneusement de leurs jardins, plantés
d'iris, et de toute la sentimentalité puérile et bête
qui leur est propre comme les parfums bon marché
aux bonnes à tout faire. Leur incommensurable bêtise
nous faisait sourire et, si nous les défendions d'ordinaire contre le fameux bon sens de la masse normale
au nom de la liberté individuelle et du principe que
tout est licite en amour, nous combattions au nom
du même principe l'exclusive dont certains d'entre
eux frappent la femme, les uns par impuissance ou
constitution pitoyable, les autres par stupidité. Roger
et moi avions contracté l'ivresse de l'étreinte à la
suite d'une querelle qui se termina en bataille, étreinte
qui devint amoureuse quand, ayant constaté notre
mutuelle incapacité de vaincre et, de ce fait, réconci-
liés, nous constatâmes que nos esprits, antagonistes
eux aussi, étaient cependant de même plan et pouvaient, sans déchoir, s'affronter.

« Notre union dura plusieurs années durant lesquelles nos cœurs et nos âmes se battirent comme
des lames précieuses, en s'affinant.

« Notre amour n'avait rien de platonique. Mes bras se rappellent exactement le contour de ses hanches et mes lèvres sont capables de reprendre la forme des siennes. Lui-même, s'il n'était pas mort, aurait gardé des souvenirs aussi précis que les miens. L'amour certain que j'ai rencontré ou éprouvé depuis pour des femmes dont certaines étaient admirables était d'une toute autre sorte. Le désir de vaincre, le nihilisme sous-entendu toujours par l'amour, varie suivant les armes employées. Roger et moi employions les mêmes, alors qu'avec les femmes il n'en va pas de même, tant il s'agit en elles de vaincre une nature différente. Roger et moi nous eûmes durant des années la sensation de nous heurter à notre propre image dans un miroir idéal, car tous nos gestes, toutes nos pensées étaient annihilés par un geste, une pensée identiques et inévitables.

« Puis le destin, en l'espèce une quelconque maladie, l'enleva, comme l'on dit, et je n'ai plus entendu parler de lui. »

Durant ce temps, la sirène aux écailles neuves sommeillait dans la loge, devant le mobilier Henri-II.

Avez-vous déjà rencontré des sirènes ?

Si non je vous plains. Pour ma part, il n'est pas d'aube où l'une d'elles ne vienne jusqu'au bord de mon lit, tout humide encore des vagues de l'ombre. La sirène cependant sommeillait sur son lit. De temps à autre, quand une sonnerie retentissait, elle tirait le cordon. Un pas plus ou moins rapide signalait le passage de quelqu'un puis, dans l'escalier, c'était le bruit, générateur de rêves, de l'ascenseur et d'une porte fermée.

Le paysage où se meuvent nos héros est composé, ne l'oublions pas, d'une maison moderne au rez-de-chaussée de laquelle une sirène blanche se prépare à de sanglantes aventures, au troisième étage de laquelle des hommes aventureux sont prêts à risquer pour l'amour des dangers sensationnels.

Sur le trottoir opposé à cette maison, une large flaque de sang d'où partent des empreintes de pieds; au sommet d'une maison Bébé Cadum : le souvenir de Louise Lame sur tout cela. Celle-ci, conduite par le hasard aux gants d'amiante, arrive dans la rue qui se prépare lentement au drame. La sirène sort à cet instant et, entre les deux créatures, la lutte s'engage immédiatement.

L'absence d'eau gêne certainement le transfuge des mythologies, mais la surprise et la nuit qui paralysent Louise Lame égalisent la partie.

Elles se roulent toutes deux sur le trottoir avec le bruit métallique des écailles arrachées et le bruit mou de la chair qui se meurtrit sur le pavé. Les réverbères éclairent conventionnellement le combat qui se déroule maintenant dans la flaque de sang.

A une fenêtre du cercle, Corsaire Sanglot vient appuyer son front fiévreux sur la vitre fraîche. Il considère un instant l'étonnant spectacle tandis qu'un homme assez jeune raconte son histoire.

« Empreinte ineffaçable de l'amour! Tu doues le corps de l'homme d'un parfum nouveau, absolument différent de celui de la virginité, tu donnes à l'esprit une inquiétude neuve quand il constate que l'inconnu est encore plus méconnaissable après la première rencontre que lorsqu'il était ridiculement pur de toute blessure. Je fus l'amant de Mabel durant quelques jours seulement, mais ils ont suffi à transformer ma vie et à douer mes rêves d'un sens nouveau, celui de l'odorat. Sanglantes nuits, nuits de rêve, nuits de vie, vous êtes maintenant mes nuits. Dès que le soleil a disparu à l'horizon comme le contrepoids d'une horloge, je sens la présence tyrannique des flacons qui, avec des heurts légers, prennent leur place coutumière

sur les étagères de ma pensée. J'ignore le nom de
leur contenu à l'exception d'un seul, l'ambre qui
charme déjà l'auteur de ces lignes et, à voir trembler
ce liquide générateur d'infinis, mes yeux eux-mêmes,
malgré leur naturelle humidité et leur ressemblance,
commune à tous les yeux, avec des flacons précieux,
mes yeux deviennent plus fixes que les points algébriques de l'espace où les planètes se donnent rendez-vous.

« Agrandissez-vous, mes yeux! C'était un soir de
juillet, lourd d'orage. Mabel dévêtue avait jeté sur
ses épaules un châle multicolore et transparent qui ne
descendait pas même jusqu'à son ventre. Par la fenêtre
ouverte, nous regardions les nuages s'enfler au loin
derrière le cirque des gazogènes et menacer la ville
chaude et haletante. L'odeur des trottoirs d'été montait vertigineuse, et les désirs d'amour étaient plus
lourds et plus ténébreux. Mabel et moi, enlacés, sans
parole, nous regardions.

« Je me levai. Je saisis dans une armoire une grande
bouteille d'ambre et, goutte à goutte, je commençai
à répandre son contenu sur le corps de cette femme.
Tour à tour, les gouttes tombaient sur la pointe des
seins, sur le nombril, sur chaque doigt, sur le cou,
au plus profond d'elle-même. Puis, sachant enfin
qu'elle allait mourir de cette volupté qui la tordait
sur le divan, je fus pris de frénésie. Les gouttes tombaient sur les yeux, les narines, la bouche. Bientôt,
son corps entier fut arrosé.

« Une respiration spasmodique était en elle la seule
trace de vie, quand je m'aperçus que le flacon était
vide. L'odeur de l'ambre emplissait la pièce. J'étais
ivre de rêve. Je brisai le goulot de la bouteille et j'en-
fonçai le tronçon hérissé tour à tour dans les yeux,
dans les lèvres, dans le ventre, dans les seins.

« Puis je suis parti, tout imprégné du parfum triple
du sang, de l'amour et de l'ambre.

« J'ai fermé la porte derrière moi.

« De temps à autre je passe dans la rue. Je regarde la fenêtre ouverte où tremble encore un rideau. J'imagine Mabel aux yeux caillés de rouge. Et je m'en vais. »

C'est à ce moment que la sirène se relève. Le corps de Louise Lame vaincue et fatiguée repose dans la flaque de sang. Le corsaire attentif comprend que l'heure est venue des représailles. Il s'apprête à sortir quand la sirène apparaît dans le salon. Il la saisit à bras le corps, la soulève et la jette à toute volée dans la rue, à travers une fenêtre. Les vitres volent en éclats et l'eau fait irruption dans le club : une eau bleue et bouillonnante, écumeuse, qui renverse les tables, les fauteuils, les buveurs. Corsaire Sanglot, durant ce temps, s'éloigne d'un quartier si paisible que le rêve y devient réalité. Son chemin est celui de la pensée, fougère à queue de paon. Il arrive de la sorte au pied de l'usine à gaz. Les gazogènes sont emplis du bourdonnement de plusieurs milliards de papillons qui attendent en battant des ailes le moment d'être livrés à la consommation. Le ciel d'encre et de buvard pèse sur ce tableau.

Corsaire Sanglot, ton attente eût été longue sans l'invincible destinée qui te livre entre mes mains.

Et voici que s'avance le marchand d'éponges.

Corsaire Sanglot le questionne du regard et celui-ci lui révèle que son poétique fardeau ne lui suggère pas des idées normales.

Ce ne sont point des paysages sous-marins ensanglantés par les coraux, par les combats des poissons voraces, par les blessures des naufragés dont le sang s'élève nébuleusement à la surface. Le lendemain, passant dans ces parages à bord d'un paquebot, la belle millionnaire qui, plus tard, survivante d'un naufrage fameux sera surnaturellement sauvée de l'insolation par une miraculeuse ombrelle, exprimera le

désir de nager dans cette eau transparente et colorée.
On arrêtera les machines. Le ronflement des turbines
cessera. Les ordres brefs des officiers gantés de noir
retentiront un instant, puis ce sera le silence. Les pas-
sagers s'accouderont aux bastingages. La jeune millionnaire plongera, vêtue seulement d'un mince petit
maillot blanc. Elle nagera durant une demi-heure,
étonnée de ne pas trouver aux flots le goût du sel
mais celui du phosphore. Quand elle remontera sur
le pont, elle sera rouge, toute rouge comme une fleur
magnifique et cela ne sera pas étranger au désastre.
Les hommes, amoureux d'elle depuis le départ d'un
port européen, deviendront frénétiques, les derniers
des gabiers, le commandant du bord et les mécani-
ciens ne seront pas les moins épris. Le navire repren-
dra sa route un instant interrompue, mais tous ces
yeux, bornés jusque-là à enregistrer le mariage hori-
zontal de la mer et du ciel, verront danser désormais
devant eux un tyrannique fantôme rouge. Rouge
comme les signaux d'alarme disposés le long des voies
ferrées, rouge comme l'incendie d'un navire chargé
d'un explosif blanc, rouge comme le vin. Bientôt, il
se mêlera aux flammes des foyers de la machinerie,
aux plis des pavillons claquant à l'extrémité des mâts
à l'arrière, aux vols d'oiseaux du large et de poissons
tropicaux. Des icebergs phalliques descendront par
extraordinaire jusqu'à ces mers chaudes. Une nuit,
ils atteindront le sillage transversal et le fantôme se
reflétera en eux mieux qu'en un miroir. Une sauvage
étreinte arrêtera là le voyage au long cours.

Non, ce ne sont pas ces histoires banales que
les éponges ont appris au marchand qui marche nu
dans la rue bordée de gazogènes. Ce n'est pas non
plus l'histoire de ces pêcheurs de tortues marines qui,
dans un filet, reconnurent un jour la présence d'un
poids inaccoutumé. Ramené péniblement, ils décou-

vrirent dans ses mailles un buste antique et mutilé
et une sirène : une sirène qui était poisson jusqu'à
la taille et femme de la taille aux pieds. De ce jour,
l'existence fut intenable sur le petit bateau. Le filet
ne ramena plus que des étoiles charnues et soyeuses,
des méduses transparentes et molles comme des danseuses en tutu récemment assassinées, des anémones,
des algues magiques. L'eau des réservoirs se changea
en perles fines, les aliments en fleurs des Alpes :
edelweiss et clématites. La faim tortura les matelots
mais nul ne songea à rejeter à la mer l'augurale
créature qui avait déterminé la famine. Elle rêvait à
l'avant sans paraître souffrir de sa nouvelle existence.
L'équipage mourut en peu de jours et l'esquif, jouet
des courants, parcourt encore les océans.

Non, cette histoire ne sommeille pas dans les nuits
du marchand d'éponges, elle ni le bateau fantôme
dont le sillage est lumineux, ni le trésor des bouca-
niers, ni les ruines submergées.

Il lève la main et parle. Il dit que, sur son dos,
il porte les trente éponges enduites de fiel et qui
furent tendues à la soif du Christ. Il dit que, depuis
mil neuf cents ans, ces éponges ont servi à la toilette
des femmes fatales et qu'elles ont la propriété de
rendre plus diaphane leur adorable chair. Il dit que
ces trente éponges ont essuyé bien des larmes de douleur et des larmes d'amour, effacé pour jamais la
trace de bien des nuits de bataille et de demi-mort.
Il les montre une à une ces éponges sacrées qui tou-
chèrent les lèvres du satané masochiste. O Christ!
amant des éponges, Corsaire Sanglot, le marchand
et moi nous connaissons seul ton amour pour les
voluptueuses éponges, pour les tendres, élastiques et
rafraîchissantes éponges dont la saveur salée est récon-
fortante aux bouches que torturent des baisers san-
guinaires et de retentissantes paroles.

C'est pourquoi désormais vous communierez sous les espèces de l'éponge.

L'éponge sacrée qui s'aplatit au creux des omoplates et à la naissance des seins, sur le cou et sur la taille, à la naissance des reins et sur le triangle des cuisses, qui disparaît entre les fesses musclées et dans le ténébreux couloir de la passion, qui s'écrase et sanglote sous les pieds nus des femmes.

Nous communierons sous les espèces de l'éponge, nous la presserons sur nos yeux qui ont trop regardé la paroi interne de la paupière, sur nos yeux qui connaissent trop le mécanisme des larmes pour vouloir s'en servir. Nous la presserons sur nos oreilles symétriques, sur nos lèvres qui valent mieux que les tiennes, ô Christ, sous nos aisselles courbaturées.

Le marchand d'éponges passe dans les rues. Voici qu'il est tard. Le marchand de sable qui l'a précédé a semé des plages stériles, voici le marchand d'éponges qui vous jette l'amour, amants tourmentés (comme s'ils méritaient le nom d'amants ceux qui ne sont pas haletants d'angoisse).

Le marchand d'éponges est passé. Voici le matelas et voici l'oreiller tendres tous les deux. Couchons-nous.

Le marchand d'éponges est maintenant très loin des gazogènes auréolés.

Le Corsaire Sanglot réfléchit. Il se souvient d'un cadavre de femme et d'un salon où l'on buvait une douce liqueur... Il reprend le chemin du club des Buveurs de Sperme.

Il retrouve l'avenue.

Il ne retrouve pas le cadavre.

Il retrouve les vestiges moitié squelette, moitié arête, de la sirène blanche. Il retrouve son fauteuil et sa coupe. Il retrouve les buveurs, ses compagnons. Il retrouve toujours présent au sommet de la maison d'en face, le Bébé Cadum.

Un buveur prend la parole à son entrée.

« Lorsque minuit sonna, voici exactement vingt-trois ans, la porte de ma chambre s'ouvrit et le vent fit entrer d'abord une immense chevelure blonde puis...

. . . . »

VIII. A PERTE DE VUE

Corsaire Sanglot s'ennuyait! L'ennui était devenu sa raison de vivre. Il le laissait croître en silence, admirant chaque jour qu'il ait pu encore augmenter. C'était l'Ennui, grande place ensoleillée, bordée de colonnades rectilignes, bien balayée, bien propre, déserte. Une heure immuable avait sonné dans la vie du corsaire et celui-ci comprenait maintenant qu'ennui est synonyme d'Éternité. En vain était-il réveillé chaque nuit par le tic-tac insolite de la pendule, tic-tac qui s'amplifiait, emplissant de sa respiration la chambre où il était couché, ou bien, vers minuit, une présence obscure interrompait-elle son rêve. Ses pupilles, dilatées dans l'obscurité, cherchaient celui ou celle qui venait sans nul doute de s'introduire dans le logis. Mais personne n'avait forcé la porte et bientôt le bruit calme de l'horloge se confondait avec la respiration du dormeur.

Corsaire Sanglot sentait croître une estime nouvelle pour lui-même et en lui-même. Depuis qu'il avait compris et accepté la monotonie de l'Éternité, il avançait droit comme un bâton à travers les aventures, lianes glissantes, qui ne l'arrêtaient pas dans sa marche. Une exaltation nouvelle avait succédé à la dépression. Une espèce d'enthousiasme à rebours qui lui faisait considérer sans intérêt l'échec de ses plus chères tentatives. La liberté du temps l'avait enfin conquis. Il s'était confondu avec les patientes minutes qui se suivent et se ressemblent.

C'était l'ennui, grande place où il s'était un jour aventuré. Il était trois heures de l'après-midi. Le silence recouvrait jusqu'au bourdonnement sonore des frelons et de l'air chauffé. Les colonnades découpaient sur le sol jaune leurs ombres rectilignes. Nul passant sinon, de l'autre côté de cette place qui pouvait avoir trois kilomètres de rayon, un personnage minuscule qui circulait sans but défini. Corsaire Sanglot constata avec terreur qu'il était toujours trois heures, que les ombres étaient immuablement tournées dans la même direction. Mais cette terreur elle-même disparut. Le corsaire accepta finalement cet enfer pathétique. Il savait que nul paradis n'est permis à qui s'est rendu compte un jour de l'existence de l'infini et il consentait à rester, sentinelle éternellement debout, sur cette place chaude et éclairée brillamment par un soleil immobile.

Qui donc a comparé l'ennui à la poussière ? L'ennui et l'éternité sont absolument nets de toute souillure. Un balayeur mental en surveille soigneusement la propreté désespérante. Ai-je dit désespérante ? L'ennui ne saurait pas plus engendrer le désespoir qu'il ne saurait aboutir au suicide. Vous qui n'avez pas peur de la mort essayez donc un peu de l'ennui. Il ne vous servira plus à rien par la suite de mourir. Une fois pour toutes vous auront été révélés le tourment immobile et les perspectives lointaines de l'esprit débarrassé de tout pittoresque et de toute sentimentalité.

C'est à cette époque de sa vie qu'il advint à Corsaire Sanglot une étrange aventure. Elle ne l'émut pas outre mesure.

A peine prêtait-il une méprisante attention au paysage romantique dans lequel son corps se déplaçait :
un sentier creux longeant le mur d'un cimetière derrière lequel apparaissait le sommet de quelques cyprès
et de deux gigantesques pins parasols tandis que le
ciel roulait sur lui-même, ballonné de nuages gris et
noir et crevé en éventail du côté de l'ouest par les
rayons du soleil qui faisait plus lugubrement encore
saillir les arêtes monstrueuses des lourds cumulus.
Était-il trois heures? Il était plutôt cinq heures du
soir en septembre. La désolation du crépuscule au
manteau ténébreux gagnait du terrain. Le seul bruit
entendu était l'inexplicable roulement d'une voiture
du fait de l'encaissement du chemin, qui rendait invisible la route sans doute proche à moins qu'en raison
du plafond céleste très bas les bruits ne se propa-
geassent plus loin qu'à l'ordinaire. Soudain, et ceci
le Corsaire Sanglot ne le vit pas, les trente mille
pierres tombales du cimetière se dressèrent et trente
mille cadavres dans leur chemise de toile paysanne
à carreaux apparurent rangés comme pour une parade.
Un petit nombre d'entre eux se détachèrent et, s'agrip-
pant aux pierres, vinrent s'accouder au faîte du mur.
C'est à ce moment que le Corsaire Sanglot vague-
ment oppressé aperçut leurs têtes. Elles jaillirent
brusquement au-dessus du mur et le regardèrent en
ricanant, mais lui, il poursuivait son chemin. Leurs
éclats de rire retentirent longtemps derrière lui, le
roulement de l'invisible voiture s'amplifia rapidement.
Quand le corsaire arriva au débouché du chemin
sur la route, il vit un corbillard de grande taille, un
corbillard pour géant, traîné par quatre forts chevaux
percherons dont les sabots, en partie dissimulés par
un bouquet de poils, martelaient durement le sol,
mais un corbillard vide, sans cercueil et sans cocher.

Il disparut. Les morts assis sur le mur du cime-

tière regardaient le ciel en silence. Celui-ci, bousculé
par des courants aériens élevés, roulait sur lui-même
par masses de nuages gris et noirs où l'on eût souhaité
la lumière de l'orage et qui, modifiant profondément
la couleur du jour finissant donnait à la nature un
aspect bitumineux, pesant, lourd. L'ennui orageux
des saisons chaudes enveloppa le Corsaire Sanglot
dans le tissu éponge de son peignoir ténébreux. C'est
lui qui, d'un doigt vigilant, déplaçait les aiguilles illu-
soires du cadran. C'est lui qui égarait les promeneurs
sur les grandes places ensoleillées, bordées de colonnades et qui, d'un mouvement perpétuel, agitait son
océan étale, ignorant les tempêtes malgré un ciel mena-
çant de nuages gris et noirs et trop huileux pour qu'on
pût jamais s'y noyer.

Paysages divers propres aux évocations depuis la
caverne où la Sibylle et son serpent familier prési-
daient aux chutes d'Empires, jusqu'au tunnel du
métropolitain décoré d'affiches monotones et humo-
ristiques : « Dubonnet », nom ridicule destiné à l'exor-
cisme des fantômes familiers des souterrains, en passant par les forêts de Bondy fleuries d'espingoles et de
tromblons, peuplées de bandits à chapeaux coniques,
les manoirs de pierres dures, aux salles voûtées, han-
tées par les corbeaux sympathiques et les hiboux
volumineux, les appartements de petits bourgeois où,
sous un prétexte futile, salière renversée ou léger
reproche, la discorde aux seins de fulmi-coton entre
sans frapper et heurte deux époux débonnaires et
leurs fils pusillanimes, leur met dans la main de
jusque-là inoffensifs couteaux de table (exception faite
pour les blessures aux doigts en coupant du pain
— on doit rompre le pain et non le couper, ceci en
souvenir de N.-S.) ou en hachant du persil (herbe
dangereuse en raison de sa ressemblance avec la petite
ciguë, plante vénéneuse, dont Socrate fut condamné

à boire une purée meurtrière par l'impitoyable tribunal d'une ingrate patrie, ce qui permit à ce héros cher aux pédérastes de faire preuve d'un grand courage à l'instant suprême et le grandit au moment même où ses ennemis pensaient l'abattre) et transforme la paisible salle à manger en un lieu d'effroyable tuerie, le sang jaillissant des carotides tranchées, souillant tour à tour la soupière en porcelaine de Limoges, la suspension à gaz et le buffet imitation de la Renaissance, les coins de rues éclairées par un réverbère, vert en raison de l'arrêt des autobus, où des ombres patibulaires tiennent des conciliabules jusqu'à l'instant où un pas sonore retentit et les avertit que l'instant est proche où, dissimulés dans les coins de portes cochères ils bondiront sur le passant mal inspiré, les prés tendres à deux heures de l'après-midi quand le touriste désœuvré se débraille et s'agenouille sur la jeune bergère aux jupes troussées haut, paysages, vous n'êtes que du carton-pâte et des portants de décors. Un seul acteur : Frégoli, c'est-à-dire l'ennui, s'agite sur la scène et joue une sempiternelle comédie dont les protagonistes se poursuivent sans cesse, obligé qu'il est de se costumer dans les coulisses à chaque incarnation nouvelle.

Peu de temps après, Corsaire Sanglot passait dans une rue de Paris.

MONOLOGUE DU CORSAIRE SANGLOT
DEVANT UNE BOUTIQUE DE COIFFEUR
RUE DU FAUBOURG-SAINT-HONORÉ

« Je n'ai jamais eu d'amis, je n'ai eu que des amants. J'ai cru longtemps eu égard à mon attachement pour mes amis, à ma froideur pour les femmes que j'étais

plus capable d'amitié que d'amour. Insensé, j'étais
incapable d'amitié. La passion que j'ai apportée dans
mes relations avec plusieurs comment aurais-je pu la
distraire, la reporter sur d'autres objets. Je me souviens que cette passion fut réciproque dans quelques
cas. Comment ai-je pu confondre avec l'amitié, vase
grise et molle, ces rencontres tumultueuses, cette
furieuse attirance, cette quasi-haine, ces débats de
conscience, ces disputes, cette tristesse en leur absence,
cette émotion quand, maintenant, que nous avons
presque cessé de nous voir, je pense à eux. Ceux qui,
incapables de sentir le caractère élevé de mon com-
merce, ne m'ont offert que de l'amitié, je les ai mépri-
sés. Mes amis n'ont passé qu'un instant dans ma vie.
A la première passante nous nous sommes abandon-
nés non sans jalousie. Je me suis égaré dans des
alcôves sans échos, eux aussi. J'ai cru à l'oubli profond du sommeil sur les seins des maîtresses, je me suis
laissé prendre à la tendresse du sphynx femelle, eux
aussi. Rien maintenant ne saurait reprendre pour
nous de la vie ancienne. Étrangers l'un à l'autre
quand nous sommes en présence, nous renaissons à
cette communion de pensée de jadis dès que nous nous
quittons. Et le souvenir n'y est pour rien. Confronté
à l'ami de jadis, l'ami idéal évoqué dans la solitude
demanderait à qui on le compare et de quel droit?
lui, fiction née spontanément de la mélancolique
notion de l'étendue.

« Et maintenant je n'ai plus pour décors à mes
actions que les places publiques : place La Fayette,
place des Victoires, place Vendôme, place Dauphine,
place de la Concorde.

« Une poétique agoraphobie transforme mes nuits
en déserts et mes rêves en inquiétude.

« Je parle aujourd'hui devant une vitrine de pos-
tiches et de peignes d'écaille et tandis que machina-

lement je garnis cette maison de verre et de têtes coupées et de tortues apathiques, un gigantesque rasoir du meilleur acier prend la place d'une aiguille sur l'horloge de la petite cervelle. Elle rase désormais les minutes sans les trancher.

« D'anciennes maîtresses modifient leur coiffure et je ne les reconnaîtrai plus, mes amis quelque part avec des inconnus boivent l'apéritif fatidique d'une débutante affection.

« Je suis seul, capable encore et plus que jamais d'éprouver la passion. L'ennui, l'ennui que je cultive avec une rigoureuse inconscience pare ma vie de l'uniformité d'où jaillissent la tempête et la nuit et le soleil. »

Le coiffeur sortit à ce moment et du seuil considéra le promeneur arrêté.

— Voulez-vous être rasé ? Monsieur, je rase doucement. Mes instruments nickelés sont des lutins agiles. Ma femme, la posticheuse aux cheveux couleur de palissandre, est renommée pour la délicatesse de son massage et son adresse à polir les ongles, entrez, entrez, Monsieur.

Le fauteuil et la glace lui offrirent leur familière pénombre. Déjà, la mousse emplissait le plat à barbe. Le coiffeur apprêtait son blaireau. Il était deux heures du matin, la nuit confondait les ombres des bustes de cire. Les parfums de la boutique flottaient lourdement. La mousse sur les bâtons de savon à barbe séchait en craquant. Corsaire Sanglot sentait une présence obscure au-dessus de sa tête. Il rejeta violemment les draps et la mer mourant à ses pieds l'enivra d'air salin. Le sable était fin.

Corsaire Sanglot s'égara ensuite dans un vaste palais planté de hautes colonnes, si hautes même que le plafond était invisible. Puis son historiographe le perdit de vue et de mémoire.

Le Corsaire continua sa marche. Un palais l'arrêta longtemps. Construit avec des carapaces de homards et de langoustes, il dressait au milieu de montagnes blanches sa structure légère et sa masse rouge aux tours où l'on avait pris soin d'employer des crustacés cuits et brune aux murailles qui étaient faites de carapaces de crabes tourteaux, et le vent du large le faisait doucement osciller sur ses bases fragiles.

Prends garde, ne sois pas mon ami. J'ai juré de ne plus me laisser prendre à ce terrible PIÈGE A LOUP, je ne serai jamais le tien et si tu consens à tout abandonner pour moi, je ne t'en abandonnerai pas moins un jour.

Je connais d'ailleurs, pour l'avoir éprouvé, l'abandon. Si tu désires cette hautaine luxure c'est bien, tu peux me suivre. Autrement, je ne demande que ton indifférence, sinon ton hostilité.

IX. LE PALAIS DES MIRAGES

Perdu dans le désert, l'explorateur casqué de blanc voit se dresser à l'horizon les tours majestueuses d'une ville inconnue.

Corsaire Sanglot passe à trois heures de l'après-midi dans le jardin des Tuileries, se dirigeant vers la Concorde. A la même heure, Louise Lame descend la rue Royale. Arrivée à la hauteur du café Maxim's, le vent arrache son chapeau et l'emporte vers la Madeleine. Louise Lame, échevelée, le poursuit et le rattrape. Durant ce temps, Corsaire Sanglot traverse la place de la Concorde et disparaît par l'avenue Gabrielle. Trois minutes après, Louise Lame traverse à son tour la place illustrée par la machinerie révolutionnaire et remonte l'avenue des Champs-Élysées. Corsaire Sanglot s'arrête un instant pour renouer les lacets de ses souliers. Il allume une cigarette. Louise Lame et Corsaire Sanglot, séparés par les bosquets des Champs-Élysées, marchent de conserve dans le même sens.

Perdu dans le désert, l'explorateur casqué de blanc interroge vainement la position des astres nocturnes. Une ville inconnue dresse à l'horizon ses tours aux machicoulis redoutables et dont l'ombre recouvre un grand territoire. Corsaire Sanglot se souvient d'une femme rencontrée jadis rue du Mont-Thabor. La propre chambre de Jack l'éventreur les abrita. Il s'étonne que sa pensée s'attache à elle avec tant d'insistance, il souhaite ardemment revoir cette femme. Et Louise Lame, tourmentée par des souvenirs précis, se demande quel fut le sort du bel aventurier qui l'abandonna certain soir. Au tableau noir d'un amphithéâtre de lycée en ruines, lycée perdu dans les faubourgs d'une ville populeuse et repaire des chats perdus, l'esprit noir des circonstances trace des itinéraires qui se côtoient sans se couper. Perdu dans un désert sans palmiers, l'explorateur casqué de blanc tourne lentement autour d'une ville mystérieuse ignorée des géographes.

Corsaire Sanglot tourne à droite, Louise Lame à gauche. L'explorateur casqué de blanc se rapproche de plus en plus de la ville surgie au milieu du désert. Elle se réduit bientôt à un minuscule château de sable que le vent fait disparaître, tandis que l'inquiétude pénètre le voyageur isolé qui se demande de quelle puissance nouvelle son regard a été investi.

L'esprit des circonstances revêt son uniforme de cantonnier, il se rend place de la Concorde et là trace sur le pavé de mystérieuses étoiles.

Louise Lame, poursuivant son chemin, voit soudain le Corsaire se dresser devant elle. Mais ce n'était qu'un rêve. Elle contemple longtemps la place où le fantôme lui apparut. Elle se dit que sans doute, un jour peut-être pas si lointain, l'aventurier a posé son pied à la place même où, aujourd'hui, elle pose le sien. Elle reprend son chemin pensivement.

Lui, le vent gonflant les plis de son manteau raglan, reflété par les glaces et les miroirs des devantures, poursuivant le cours de ses pensées fugitives, tantôt teint de cramoisi puis de vert devant les officines de pharmaciens, tantôt frôlé par la fourrure d'un manteau féminin, se laisse, d'un pas nonchalant, porter vers la gare Saint-Lazare. Du boulevard des Batignolles, il regarde dans la tranchée charbonneuse les trains s'éloigner de Paris. Comme il n'est pas encore nuit, les lampes brillent pâles et jaunes à travers les portières. A l'une d'elles, la sirène du club des Buveurs de Sperme est accoudée. Le Corsaire ne la voit point.

Perdu dans le désert, l'explorateur casqué de blanc découvre les restes véritables, enfouis dans le sable et libérés par un récent sirocco, d'une ancienne Tombouctou. Descendant de l'appartement où il vient de commettre son dernier chef-d'œuvre, Jack l'éventreur flâne boulevard des Batignolles. Il demande au Corsaire du feu pour sa cigarette éteinte, et quelques mètres plus loin, se fait indiquer par un agent de police l'itinéraire le plus court pour aller aux Ternes. Perdu dans un désert de sables noirs, l'explorateur casqué de blanc pénètre dans les ruines d'une ancienne Tombouctou. Des trésors et des squelettes s'offrent à sa vue avec les emblèmes ésotériques d'une religion disparue. L'express où la sirène a pris place traverse un pont à l'instant précis où la chanteuse de music-hall le passe en automobile. Corsaire Sanglot, Louise Lame et la chanteuse se désirent en vain à travers le monde. Leurs pensées se heurtent et augmentent leur désir de rencontre en se choquant en des points mystérieux de l'infini d'où elles se réfléchissent vers les cervelles qui furent leur point de départ. Saluons bas ces lieux fatidiques où, faute d'une minute, des rencontres, décisives pour des individus exceptionnels, n'eurent pas lieu. Étrange destin qui fit que le Corsaire Sanglot et Louise Lame se frôlèrent presque sur la place de la Concorde, qui fit que la sirène et la chanteuse passèrent l'une au-dessous de l'autre dans un coin sinistre de la banlieue parisienne, qui fit que moi ou vous, dans un autobus ou tout autre moyen de transport en commun, nous avons été assis face à celui ou celle qui eussent pu servir de lien entre nous, et celui ou celle perdu ou perdue dans nos mémoires depuis des temps et tourments de nos nuits, sans que nous le sachions, étrange destin heurteras-tu longtemps nos sens frustes et compliqués?

Perdu dans un désert de houille et d'anthracite, un explorateur vêtu de blanc se remémore les feux le soir dans la cheminée campagnarde de ses beaux-parents, quand sa femme n'était encore que sa fian-cée, quand les feux follets n'avaient pas nom feux Saint-Elme et comme des fleurs aux jardins entrevus dans l'obscurité des paupières quand on ferme her-métiquement les yeux, se balançaient dans la cam-pagne marécageuse, les braises mourantes vers une heure du matin, le 25 décembre, quand l'enfant se réveille et va, vêtu seulement d'une chemise de nuit, constater le passage de héros mythologiques dans l'âtre paternel et qu'il écoute avec le mugissement du vent dans la cheminée les chants d'invisibles archanges qui lui inculquent et l'amour de la nuit et l'amour du soleil de midi uniforme, solennel et tragique comme les ténèbres, l'aurore boréale entre-vue d'abord dans les dessins magiques des livres enfantins puis, surgie du nord, saluée avec ravisse-ment du pont d'un navire dans une baie perdue des terres arctiques.

Un pavé de la place de la Concorde, oublié par les dépaveurs, sort de la réserve où sa nature miné-rale l'avait jusque-là tenu. Il parle, et son langage, phénomène inattendu, ne retiendrait guère la foule habituée aux prodiges ·s'il n'énumérait le nom de toux ceux qui, au cours des âges, portèrent le pied sur lui. Des noms historiques sont salués au début par des hourras et des vociférations. Puis, les noms privés, noms de gens obscurs, répétés au loin par des haut-parleurs, retentissent pesamment dans le cœur des assistants. Celui-ci reconnaît son père et ce vieillard salue le nom de sa première maîtresse, ceux-ci reconnaissent leur propre patronyme. Ils s'arrêtent et leur vie leur apparaît pitoyable. L'ennui s'empare alors de tous les esprits. Corsaire Sanglot constate la dépression de la mentalité publique. Il s'en réjouit et s'étonne lui-même de cette joie insolite. Il comprend enfin qu'au lieu d'ennui, il a trouvé le désespoir pareil à l'enthousiasme.

Perdu entre les segments d'un horizon féroce, l'explorateur casqué de blanc s'apprête à mourir et rassemble ses souvenirs pour savoir comment doit mourir un explorateur : si c'est les bras en croix ou face dans le sable, s'il doit creuser une tombe fugitive en raison du vent et des hyènes, ou se recroqueviller dans la position dite en chien de fusil qui tourmente les mères de famille, quand elles constatent que leur progéniture l'a choisie pour dormir, si le lion sera son bourreau, ou l'insolation, ou la soif.

Le pavé de la place de la Concorde évoque la procession de ceux qui passèrent sur lui. Dessous de femme, variant suivant la mode, aventuriers, promeneurs pacifiques, dessous de femme, cavaliers, carrosses, calèches, victorias, cabriolets, fiacres, automobiles, Corsaire Sanglot, Louise Lame, Un tel, Une telle, automobiles, agents de police, vous, moi, toi, Corsaire Sanglot, automobiles, automobiles, automobiles, noctambules, agents de police, allumeurs de réverbères, Corsaire Sanglot, Un tel, Un tel.

Deux rames de métro, deux trains, deux voitures, deux promeneurs dans deux rues parallèles, deux vies, couples qui se croisent sans se voir, rencontres possibles, rencontres qui n'eurent pas lieu. L'imagination modifie l'histoire. Elle rectifie les Bottins et la liste des familiers d'une ville, d'une rue, d'une maison, d'une femme. Elle fixe à jamais les images dans les glaces. Des galeries de portraits se suspendent au mur de la mémoire future où des inconnus magnifiques gravent d'un canif aiguisé leurs initiales et une date.

Corsaire Sanglot, au troisième étage d'une maison, pense toujours à la légendaire Louise Lame, tandis que celle-ci, au troisième étage d'une autre maison, l'imagine tel qu'il était le soir de leur séparation, et leurs regards, à travers les murailles, se rencontrent et créent des étoiles nouvelles, stupéfaction des astronomes. Face à face, mais dissimulés par combien d'obstacles, maisons, monuments, arbres, tous les deux conversent intérieurement.

Qu'une catastrophe tumultueuse ruine tous les paravents et les circonstances et les voilà, grains de sable perdus dans une plaine plate, réunis·par l'imaginaire ligne droite qui relie tout être à n'importe quel autre être. Le temps ni l'espace, rien ne s'oppose à ces relations idéales. Vie bouleversée, contraintes mondaines, obligations terrestres, tout s'écroule. Les humains n'en sont pas moins soumis aux mêmes dés arbitraires.

Dans le désert, perdu, irrémédiablement perdu, l'explorateur casqué de blanc se rend compte enfin de la réalité des mirages et les trésors inconnus, les faunes rêvées, les flores invraisemblables constituent le paradis sensuel où il évoluera désormais, épouvantail sans moineaux, tombeau sans épitaphe, homme sans nom, tandis que, formidable déplacement, les pyramides révèlent les dés cachés sous leur masse pesante et posent à nouveau le problème irritant de la fatalité dans le passé et de la destinée dans le futur. Quant au présent, beau ciel éternel, il ne dure cependant que le temps de lancer trois dés sur une ville, un désert, un homme, explorateur casqué de blanc, plus perdu dans sa vaste intuition des événements éternels que dans l'étendue sablonneuse de la plaine

équatoriale où son génie, guide malin, l'a conduit
pas à pas vers une révélation qui se contredit sans
cesse et qui l'égare de sa propre image méconnaissable, en raison de la position des yeux ou du manque
d'un point de comparaison et de la légitime défiance
dans laquelle un esprit élevé tient les miroirs dont
rien ne prouve la vertu révélée, à l'image chaotique
des cieux, des autres êtres, des objets inanimés et des
incarnations fantomatiques de ses pensées.

X. LE PENSIONNAT
D'HUMMING-BIRD GARDEN

Le jardin ratissé, calme, offrait devant la haute maison ses pelouses vertes et ses allées géométriques aux jeux des petites filles. Quand je dis offrait, il eût fallu spécifier que c'était le jour. Or, il était nuit. La haute bâtisse se dressait trouée par trois fenêtres éclairées sur le fond parfaitement bleu de la nuit. A l'horizon, c'étaient des forêts animées par le frémissement du vent, retentissantes du cri des chouettes et des chats-huants, des plaintes des lapins assassinés (on trouve en tas leurs poils et leurs ossements sur le sol, au-dessous des nids de rapaces nocturnes), du travail sourd et souterrain des taupes, c'était l'océan sillonné de requins et de paquebots, croisé, non loin des côtes, par le va-et-vient des torpilleurs portant le pavillon de l'Union Jack, troublé par les vagues, les coups de queue des marsouins et les chocs d'épaves sur les récifs, égayé par des bals de crevettes et d'hippocampes, brillant de l'émigration des sardines et des anguilles, grouillant dans les rochers ténébreux de crabes et de langoustes, c'étaient des marais receleurs de cadavres, cadavres d'enlisés momifiés dans des poses horribles, cadavres d'assassinés jetés là par des bandits après exploration des poches et des bagages, c'étaient des routes blanches et des voies ferrées luisantes, c'était le rayonnement céleste d'une grande ville : Londres sans doute, visible réellement ou imaginable, de cette contrée d'Angleterre appelée comté de Kent.

Il était onze heures de la nuit. Un homme assez jeune se dirigeait à travers la forêt, péniblement en raison des racines et des fougères, vers cette bâtisse de briques rouges entourée de pelouses unies.

Peu à peu, des nuages montèrent de derrière les marais et remplirent le ciel. Nuages lourds de tonnerres futurs et receleurs d'éclairs. Des cris de haleurs venaient du côté de la mer.

A l'une des fenêtres de la bâtisse un bruit clair retentit. Bruit de claques sonores, bruit de fouet. Un cri s'éleva, puis plusieurs qui se confondirent bientôt en un gémissement monotone.

Dans une salle, une femme de trente-cinq ans, fort belle, brune à reflets roux, fouettait une fille de seize ans étendue en travers de ses genoux. Elle avait d'abord frappé avec la main. On distinguait encore l'empreinte rouge des cinq doigts sur la chair délicate. Le pantalon descendu emprisonnait de dentelles les genoux de la victime dont les cheveux dénoués voilaient le visage. La croupe frémissante se contractait spasmodiquement. Les empreintes de doigts disparaissaient peu à peu, remplacées par les zébrures rouges du martinet de cuir de la correctrice. Parfois, quand le cinglement avait meurtri particulièrement l'enfant, un bond la faisait sursauter davantage, les cuisses s'entrouvraient et c'était un spectacle sensuel qui émouvait une autre jeune fille, attendant dans un coin de la pièce son tour d'être châtiée.

Et voici que maintenant que l'éclair va paraître dans ce ciel évoqué, malgré sa noirceur, sur le papier blanc, je comprends pourquoi le tableau se composa de telle façon. La similitude de l'éclair et du coup

de martinet sur la croupe blanche d'une pensionnaire
de seize ans suscita seule la montée de la tempête
dans l'impassible nuit qui recouvrait le pensionnat.

Pensionnat d'Humming-Bird Garden, tu te dressais
depuis longtemps sans doute dans mon imagination,
maison de briques rouges entourée de calmes pelouses,
avec les dortoirs où les vierges sentant passer les fils
de la vierge de minuit se retournent voluptueusement,
sans s'éveiller, dans leurs lits, avec la chambre de la
directrice, femme autoritaire et son arsenal de fouets,
de verges et de cravaches, avec les salles de classes
où les chiffres blancs sympathisent du fond du tableau
noir avec les mystérieux graphiques dessinés dans le
ciel par les étoiles, mais tandis que tu restais immobile dans un paysage de leçon de choses, l'orage de
toute éternité montait derrière ton toit d'ardoise pour
éclater, lueur d'éclair, à l'instant précis où le martinet de la correctrice rayerait d'un sillon rouge les
fesses d'une pensionnaire de seize ans et éclairerait
douloureusement, tel un éclair, les mystérieuses arcanes
de mon érotique imagination. N'ai-je écrit cette histoire que pour évoquer votre ressemblance, éclair,
coup de fouet! et dois-je dresser l'apparence de cette
nuit d'orage, sombre femme mais belle, avec ses seins
évocateurs des rochers pointus du rivage, ses profonds
yeux noirs, les boucles noires de ses cheveux et ce
teint identique aux prunes d'été, qui, brandissant un
fouet cruel d'un bras robuste, en dépit du désordre
de sa robe sombre, désordre qui révèle ses admirables
seins et sa cuisse musclée, poursuit une marche majes-
tueuse et fait naître le respect.

Dans la chambre éclairée du pensionnat, le châti-
ment tire à sa fin. La fillette congestionnée murmure
à peine. La dispensatrice donne encore deux ou trois
coups de fouet, quelques claques puis, soigneusement,
elle rabat la fine chemise, remonte le pantalon, redresse

la victime et lui désigne un coin où elle va s'age-
nouiller.

Cependant, l'homme marchait toujours à travers
la forêt. Les premières gouttes de pluie n'avaient
tout d'abord pas transpercé l'épais feuillage. Ç'avait
d'abord été l'odeur de la poussière mouillée, puis
celle des feuilles, puis celle de l'herbe. Enfin, l'eau
était tombée sur le marcheur. Son chemin était devenu
plus rude. Glissant sur la terre glaise, s'enfonçant dans
les fondrières et le terreau mou dissimulé par l'herbe,
le visage inondé au soufflet des basses branches, il
allait vers la lisière. Il l'atteignit enfin.

Légèrement en contrebas, la plaine offrait un panorama orageux. Les éclairs frappaient de leur lueur
tantôt le ventre flasque des nuages et le sommet mou-
tonnant des forêts, tantôt la façade d'une maison
qu'elle blanchissait et rendait terrible comme une
maison hantée. Le tonnerre mêlait son grondement
discontinu au bruit constant de la mer. Le vent se
calma. A la pluie d'orage succéda une pluie fine qui,
par sa monotonie, donnait une impression de perpé-
tuité.

L'homme se dirigea vers la seule maison éclairée :
le pensionnat d'Humming-Bird Garden.

La maîtresse avait attiré à elle la seconde enfant,
blonde et robuste, avec deux fossettes aux joues, fossettes identiques à celles que lorsque à son tour elle
se trouva à plat ventre sur les genoux du bourreau,
troussée et dénudée, révéla son cul blanc et cambré.

Un instant, l'acharnée correctrice s'attarda à contempler ce spectacle troublant, chair blanche qu'elle allait
ensanglanter et qui se perdait étrangement dans la
masse des jupes, du jupon et de la chemise relevés.
Elle dégrafa les jarretières et rabattit les bas jusqu'aux
genoux : une jambe s'était dégagée du pantalon qui
pendait au pied de l'autre.

Puis l'adroite tortionnaire commença à claquer à partir des jarrets les cuisses rondes en remontant vers la taille. Elle embrasa au passage les deux superbes méplats, d'abord masses blanches, puis roses rougissantes, puis orange presque sanguines. Sous les coups, elles se contractèrent, réduisant la raie médiane à un très court sillon. Bientôt, la masse musclée fut prise de soubresauts, se contractant et se relâchant sans mesure, laissant entrevoir le fossé brun où une bouche charnue s'apercevait, plissée et ombragée par des poils. Parfois même, et comme pour sa compagne, un grand sursaut cambrait davantage les reins, écartait les cuisses et le sexe était dévoilé. Quand le sang courut rapidement sous la chair, l'exécutrice saisit le martinet qui, là aussi, zébra de sang la peau fine. Puis le fouet succéda, puis la cravache.

L'homme atteignit la maison. Un instant son imagination fut pareille aux bâtisses surnaturellement blanchies à l'approche de l'orage, et le calme spectacle de la pelouse rasséréna ses pensées. Cependant, le son des coups sur la chair attira son attention. Il gagna le pied même du bâtiment et, par un tuyau d'écoulement des eaux de gouttière, se hissa jusqu'à la fenêtre ouverte d'où venait le bruit.

L'exécution était presque terminée. Maintenant, les mains parachevaient l'œuvre. Elles meurtrissaient d'une tape sèche les rares endroits qu'avait épargnés le cuir.

Puis, l'enfant habillée et redressée, la maîtresse se leva et commanda :

— Dolly et vous, Nancy, déshabillez-moi, que je me couche.

Dolly et Nancy se mirent à genoux. Elles délacèrent les souliers de cuir jaune et, glissant leurs petites mains sous les jupes, elles détachèrent les jarretelles et amenèrent les bas. Debout, elles dégrafèrent minutieu-

sement le corsage et la jupe. La femme apparut en
pantalon de dentelle et soutien-gorge. Ces deux vêtements tombèrent à leur tour. Nue, les seins durs, la
croupe cambrée, la femme dominait les deux fillettes
qui, obéissant à un rite convenu, baisèrent la bouche
méchante, le ventre rond, le cul robuste, avant de la
revêtir d'une chemise fine et courte et de natter ses
cheveux ardents.

Alors, l'homme cramponné au balcon leva la fenêtre
à guillotine et pénétra dans la pièce. Il sortit de sa
poche un revolver noir et le posa sur la cheminée.
Ramassant les bas de la femme qui le considérait
sans bouger, il emprisonna dans l'un la tête de Dolly
et dans l'autre celle de Nancy, enfin se retournant :

— Conduis-moi.

Elle précéda dans un couloir sombre, poussa une
porte grinçante, pénétra dans un dortoir.

Dans trente lits blancs dormaient ou, plutôt, fei-
gnaient de dormir, trente jeunes filles. Sous la clarté
tremblante des veilleuses, leur chevelure, le plus souvent blonde et parfois rousse, semblait frémir. La
maîtresse réveilla le dortoir. Sous trente couvertures
blanches, trente corps palpitants s'agitèrent. Les yeux
grands ouverts, les enfants contemplaient leur redoutable tyran et le Corsaire Sanglot, puisque c'était lui,
personnage nouveau, terrible et délicieux comme leurs
rêves.

Elles se levèrent et leur théorie descendit l'escalier
de sapin verni. La pluie avait cessé. Le jardin sentait
comme tous les romanciers l'ont dit. Imaginez maintenant sur la pelouse verte trente jeunes filles à la
chemise retroussée au-dessus de la croupe, à genoux.

Et que fit le héros d'une si troublante aventure ?

Les échos retentirent longtemps des corrections infli-
gées à ces corps en émoi. Le petit jour levait son doigt
au-dessus de la forêt quand le Corsaire cessa de meur-

trir ces cuisses tendres et ces hanches musclées.

Après quoi, il y eut une étreinte entre lui et la terrible maîtresse qui avait assisté, sans mot dire, aux actions de son amant.

Encore une fois, Louise Lame et le Corsaire Sanglot se sont rencontrés. A l'Angelus (sonne-t-on l'Angelus en Angleterre), ils se séparent. Lui, regagne son chemin de la forêt épaisse. Elle, fait rentrer au dortoir les élèves amoureuses et humiliées. Elle délivre Nancy et Dolly endormies avec un bas sur leur tête.

Jusqu'à midi les trente-deux filles dormiront, étonnées au réveil de cette liberté accordée. Regardant le grand soleil de midi frapper leur lit étroit, elles se souviendront des événements de la nuit. L'amour et la jalousie ensemble tortureront leurs âmes. Il leur faudra se lever et reprendre le travail écolier. Quand il leur faudra subir le fouet de la maîtresse, elles seront prises d'un étrange émoi. Souvenir du séducteur cruel et charmant, haine de celle qui le posséda. Et tout se passe comme j'ai dit. Bientôt même et pour mieux évoquer ce matin tendre où elles rencontrèrent l'amour, elles entreprennent de se meurtrir elles-mêmes. Les récréations se passent maintenant derrière les buissons de prunelliers. Et, deux à deux, elles se fouettent mutuellement, bienheureuses quand le sang entoure leurs cuisses d'un mince et chaud reptile. Corsaire Sanglot poursuit sa marche solitaire, tandis qu'en souvenir de lui, dans une calme plaine environnée de bois du comté de Kent, trente jeunes filles se flagellent de jour et de nuit et comptent au matin, en faisant leur toilette, avec une indicible fierté, les cicatrices dont elles sont marquées.

Le soir, la maîtresse, comme à l'ordinaire, choisit deux victimes et les emmène dans sa chambre. Et elle frappe ces cuisses qui ont souffert par lui, avec rage. Elle aurait aussi voulu souffrir comme elles et la haine amoureuse la dresse. Car elle n'a pas suffi au contentement du Corsaire.

Il lui a fallu d'abord la possession barbare de ses élèves, et rien ne pourra désormais consoler ces âmes en peine.

En dépit des années passant sur la pelouse unie et les allées et les arbres de la forêt proche.

En dépit des années passant sur ces fronts soucieux, sur ces yeux amoureux des ténèbres, sur ces corps énervés.

Et, quelque nuit, l'orage roulant sur la plaine et le marécage éclairera de nouveau la façade sévère et le marais aux feux follets.

Mais plus jamais le Corsaire Sanglot ne reparaîtra dans le pensionnat où des cœurs sans défaillance l'attendirent, cœurs aujourd'hui séniles dans d'immondes anatomies de vieilles femmes.

XI. BATTEZ,
TAMBOURS DE SANTERRE !

Le 21 janvier s'achevait. Louis XVI gravissait les marches de l'échafaud.

Au moment où Corsaire Sanglot débouchait sur la place par la rue Royale et qu'il remarquait, avec satisfaction, qu'on avait remplacé le magnifique obélisque par l'adorable guillotine, une compagnie de tambours avec leurs baudriers blancs en peau s'alignait contre le mur de la terrasse des Tuileries, tandis que Jean Santerre, son commandant, monté sur un cheval courtaud, pourvu d'une abondante crinière, contemplait le spectacle de la foule massée autour de l'appareil justicier, regardant Louis XVI monter les degrés comme un automate et guettant les moindres gestes du bourreau et des aides qui devaient, d'un acte pourtant simple, transformer le 21 janvier en l'une des plus mémorables journées génératrices d'enthousiasmes, de celles dont l'anniversaire ne célèbre pas le souvenir mais rappelle aux vivants que c'est là un des noms de l'éternité et que le soir de ce jour n'est pas encore terminé, en dépit des almanachs et des changements factices de millésime.

Un roulement de tambours annonça au Corsaire Sanglot que le roi ayant voulu parler, il s'était trouvé un cœur passionné pour faire couvrir sa voix du bruit grave de ces primitifs instruments. Corsaire Sanglot savait comment mourir. Il en avait fixé le jour et l'heure, à trente-neuf ans moins un mois, un jour de juin à l'aube. Il ne savait pas exactement comment il mourrait. Il lui semblait pourtant deviner que ce serait des suites d'une blessure, sinon de mort violente, au Champ-de-Mars. Sous le ciel de papier d'étain qui dévoile à peine la tour Eiffel, les ombres de ses assassins s'enfuient vers la Seine et le souvenir d'une femme adorée se mêle au sens de l'agonie. Il meurt, lui semble-t-il, dans ce paysage qui est l'une des sept merveilles du monde moderne ou bien, le lendemain, dans un lit rêche, les vitres d'un atelier pâlissant au-dessus de sa tête et les premiers ouvriers se dirigeant vers le métro, martelant d'un pas sec le trottoir matinal. A ce moment peut-être, boulevard Diderot, exécutera-t-on un assassin entre un procureur à chapeau haut de forme et un docteur nu-tête. Le frissonnement humide des arbres sera la dernière manifestation pour le condamné et pour lui, de l'univers matériel. Après quoi, sans doute à la même minute, eux, frères inconnus l'un à l'autre, ils seront la proie de leur rêve. Que nul autre que lui n'ouvre la bouche à cet instant suprême. Il lui appartiendra de commander l'ultime roulement de tambours et de clore sur un mystère intégral cette bouche de chair séduisante, tendre et cruelle, ces yeux plus beaux encore à l'instant de l'amour. Une forêt de sapins se dresse dans la pensée de Corsaire Sanglot. Caché par leurs troncs et leurs aiguilles, il assiste aux guillotinades de la Terreur. Et c'est la procession des admirables et des méprisables. Le bourreau, d'un geste renouvelé et toujours identique à lui-même, soulève des têtes tranchées. Têtes d'aristocrates ridicules, têtes d'amoureux pleines de leur amour, têtes de femmes qu'il est héroïque de condamner. Mais, amour ou haine, pouvaient-elles inspirer d'autres actes. Une montgolfière de papier passe légèrement au-dessus du théâtre révolutionnaire. Le marquis de Sade met son visage près de celui de Robespierre. Leurs deux profils se détachent sur la lunette rouge de la guillotine et Corsaire Sanglot admire cette médaille d'une minute.

Charenton! Charenton! paisible banlieue troublée. parfois par les batailles de maquereaux et les noyades solitaires, tu héberges maintenant le pacifique pêcheur à la ligne, celui, espèce quasi disparue, qui porte encore le chapeau de paille en entonnoir avec un petit drapeau au sommet. Les cris des fous ne retentissent plus dans ton asile désaffecté. Le marquis de Sade n'y porterait plus l'indépendance de son esprit, lui, héros de l'amour et du cœur et de la liberté, héros parfait pour qui la mort n'a que douceur. Membre de la section des piques, nous déplorons le départ de ce citoyen éclairé et éloquent. Les paroles qu'il sut trouver pour exalter parmi nous la mémoire de l'Ami du peuple retentissent encore dans nos mémoires républicaines. Né dans les rangs des aristocrates, le citoyen Sade a pourtant souffert pour la liberté! On a vu le ci-devant régime poursuivre ce courageux pamphlétaire devant qui le vice ne trouvait aucun voile. Il a dépeint les mœurs corrompues des aristocrates et ceux-ci l'ont poursuivi de leur haine. Nous l'avons vu enfin aux premiers jours de juillet attirer la sainte colère du peuple sur la Bastille. On peut, on doit, pour la justice, reconnaître qu'il fut l'instigateur de la journée du 14 juillet où naquit la liberté! Il ne profita cependant pas de l'œuvre à laquelle il avait travaillé et ne fut libéré que trois mois plus tard de la prison où le tyran, ayant voulu le soustraire à la reconnaissance populaire, il était encore enfermé. On le vit alors s'adonner au bien et au salut public. Maintenant, les tambours impitoyables

de Santerre ont retenti pour lui. Saluons sans rancune cette mort qui l'arrache à notre admiration et
au service de la Révolution. Sans doute y trouvera-t-il
le repos que son inquiétude, son angoisse et sa passion
ne lui auraient jamais permis ici-bas. Et que l'Être
suprême, la déesse Raison dans les bras desquels il
s'endort, le consolent des peines qu'il a subies sur terre
pour le triomphe de la justice. La République, désormais assez forte, transmettra son exemple à ses enfants
et accueillera sa mémoire dans ses glorieuses annales.

Délire, tu n'as pas salué la mort lucide du marquis.
La tyrannie a repris son empire sur l'esprit et il est
mort pendant quatorze ans au roulement monotone
des tambours de l'Empire.

Tombeaux, tombeaux ! Dressés sur un récif de Saint-
Malo parmi l'écume ou bien creusés dans une forêt
vierge par des enfants perdus, tombeaux de granit,
tombeaux garnis de buis ou de couronnes en perles
et fil de fer, tombeaux froids des panthéons, tombeaux
violés non loin des pyramides et qui frémissez de foi
et d'âmes, tombeaux naturels, façonnés dans la lave
brûlante des volcans en éruption ou dans l'eau calme
des profondeurs de la mer, tombeaux, vous êtes de
ridicules témoins de la petitesse humaine. On n'a
jamais mis que des morts dans les tombeaux, des
morts matériellement et tant pis pour ceux-là qui
attachent indissolublement leur âme méprisable à une
méprisable carcasse.

Mais toi, enfin, je te salue, toi dont l'existence
doue mes jours d'une joie surnaturelle. Je t'ai aimé
rien qu'à ton nom. J'ai suivi le chemin que traçait
ton ombre dans un désert mélancolique où, derrière
moi, j'ai laissé tous mes amis. Et voici maintenant
que je te retrouve alors que je croyais t'avoir fui et
le soleil accablant de la solitude morale éclaire à
nouveau ton visage et ton corps.

Adieu, monde! et s'il faut te suivre jusqu'au gouffre, je te suivrai! Durant des nuits et des nuits je contemplerai tes yeux brillants dans l'obscurité, ton visage à peine éclairé mais visible dans la nuit claire de Paris, grâce à la réverbération dans les chambres des lampadaires électriques. Tes yeux si tendres, humides et attendrissants, je les contemplerai jusqu'à l'aube blanche qui, réveillant les condamnés à mort du doigt d'un fantôme à chapeau haut de forme, nous rappellera que l'heure est passée des contemplations et qu'il faut rire et parler et subir non l'accablant et consolant soleil de midi sur les plages désertes, face au ciel étourdissant parcouru par des nuages folâtres, mais la dure loi de contrainte, le bagne de l'élégance, la pseudo-discipline des relations de la vie et les dangers inexprimables de la fragmentation du rêve par l'existence utilitaire.

Et s'il faut te suivre jusqu'au gouffre, je te suivrai! Tu n'es pas la passante, mais celle qui demeure. La notion d'éternité est liée à mon amour pour toi. Non, tu n'es pas la passante ni le pilote étrange qui guide l'aventurier à travers le dédale du désir. Tu m'as ouvert le pays même de la passion. Je me perds dans ta pensée plus sûrement que dans un désert. Et encore n'ai-je pas confronté, à l'heure où j'écris ces lignes, ton image en moi à ta « réalité ». Tu n'es pas la passante, mais la perpétuelle amante et que tu le veuilles ou non. Joie douloureuse de la passion révélée par ta rencontre. Je souffre mais ma souffrance m'est chère et si j'ai quelque estime pour moi, c'est pour t'avoir heurtée dans ma course à l'aveugle vers des horizons mobiles.

XII. POSSESSION DU RÊVE

Il y avait grande foule, et foule élégante, ce jour-là sur la plage de Nice. Les habitants des villes plus élégantes de la côte, Cannes, par exemple, s'étaient rendus nombreux dans la cité cosmopolite. C'est qu'un mystère l'entourait désormais depuis l'arrivée d'un énigmatique et fastueux voyageur. Celui-ci avait loué une villa à Cimiez et dès lors les fêtes se succédaient sans arrêt, provoquées par lui, et fastueuses. Un jour, il avait jonché la promenade des Anglais d'une multitude de camélias et d'anémones auxquelles se mêlaient des algues rares recueillies à grands frais dans les profondes fosses des mers équatoriales et des arbres entiers de corail blanc, une autre fois il avait distribué par millier des pièces étranges d'une monnaie d'or inconnue, à l'avers de laquelle un signe inquiétant était gravé; au revers de laquelle resplendissait le chiffre 43 que nul n'avait pu expliquer.

Il s'agissait cette fois d'une fête dite *la pêche miraculeuse*. Des barques magnifiques peintes en blanc devaient emmener les invités non loin de la côte à des points déterminés à l'avance et là, chacun jetant son filet, devait pêcher un butin étonnant soigneusement déterminé par l'énigmatique nabab.

Il y avait là, sur le sable chaud et sur les galets luisants, la duchesse de Pavie et celle de Polynésie, les princes royaux de Suède, de Norvège, de Rouma-

nie et d'Albanie, de nombreux comtes, marquis,
vicomtes, barons et les représentants les plus en vue
de cette aristocratie roturière, noblesse d'industrie ou
d'art qui, en France, est mêlée si intimement à l'autre,
cette noblesse historique dont les représentants ont
tant de mal à lutter, pour le faste, avec les princes de
la métallurgie et les rois de la finance.

Et l'organisateur de la fête quel était-il? Nul ne
l'avait jamais vu. Maharadjah assuraient les uns,
banquier d'Amérique prétendaient les autres, mais
nul n'aurait pu prouver ses dires. Chacun suivait ses
rêves et donnait au mystère l'explication romanesque
qui le séduisait. La villa de Cimiez était soigneusement fermée à toute visite. Pour éviter les indiscré-
tions, les domestiques malgaches qui composaient la
suite du riche excentrique avaient dévoilé que des
fils électriques à haute tension tendus au sommet du
mur et au travers du parc formaient un infranchis-
sable réseau où les imprudents se seraient pris comme
des mouches dans une toile d'araignée. Mais l'auda-
cieux assez favorisé par la chance pour pénétrer dans
la villa aurait vu un jeune homme masqué donner
au matin de ce jour de fête ses dernières instructions.
Des esclaves malaises nues et chargées de bijoux, des
négrillons nus aussi et porteurs de poissons rares, des
coffrets remplis d'ambre ou de diamants ou de perles,
des vestiges précieux des civilisations passées devaient
être secrètement conduits dans quatre-vingts cloches
à plongeurs placées à l'endroit où les barques s'amar-
reraient. Au moment où les filets seraient jetés, ceux-ci
seraient immédiatement remplis les uns de femmes,
les autres de nègres, les autres de joyaux, constituant
les présents magnifiques destinés aux invités. Les sca-
phandriers qui devaient surveiller l'opération étaient
réunis autour du seigneur X., comme on l'appelait
sur toute la côte où ses exploits émerveillaient la

population. Sur son ordre, ils avaient revêtu leur costume, à l'exception du casque. Et c'était un spectacle peu banal que celui de cet élégant dandy au masque noir parlant devant ces hommes au costume baroque, aux visages énergiques.

Revenons cependant à la fête qui se préparait sur la plage. En cherchant bien parmi la foule richement habillée, nous découvrons Louise Lame, la chanteuse de music-hall, quelques membres du club des Buveurs de Sperme.

L'atmosphère était troublante. Sous le soleil tiède, ces hommes, les uns admis là par privilège de race ou de fortune, malgré leur bêtise évidente, les autres par réputation d'esprit mais d'une bêtise non moins réelle sinon visible, faisaient davantage ressortir le charme de ces jolies femmes aux corps admirables, aux yeux émouvants, aux toilettes surprenantes et luxueuses.

Trois orchestres jouaient sur la digue, faisant alterner les airs hawaiiens avec les blues et les rag-time. Mais nul ne savait que l'homme fortuné qui les recevait était parmi eux. Corsaire Sanglot, sous les apparences d'un jeune clubman, se promenait de groupe en groupe salué par ceux-là qui l'avaient rencontré à quelque fête, parlant à ceux-ci, voisin de table de jeux ou compagnon accidentel de golfe.

Enfin, les barques approchèrent de la plage. De robustes marins, le pantalon retroussé, portèrent les pêcheurs à bord de leurs embarcations. Celles-ci peintes de couleurs vives, fleuries, laissaient doucement ronronner leur moteur. Des noms charmants étaient peints à l'arrière : *Le Zéphyr-Étoilé, La Chute-des-Léonides, La Mère-du-Sillage-Fatal,* et d'autres. Un instant, les barques pleines restèrent immobiles puis, sur un commandement bref, elles se dirigèrent vers le large, traçant quatre-vingts sillages parallèles. Les toilettes claires des femmes s'épanouissaient sous le soleil. L'eau était transparente sur un sable uni où passait l'ombre des poissons effrayés.

La brise portait jusqu'aux embarcations la musique des orchestres. Une foule compacte, ceux qui n'avaient pas été invités, regardaient le spectacle du haut de la digue.

Cependant, les rires étaient nombreux parmi les pêcheurs de trésors. On s'interpellait d'une barque à l'autre, on trempait sa main dans l'eau, on fumait des cigarettes parfumées.

Les invités avertis se montraient du doigt deux gentlemen élégamment habillés, mais lourds d'allures : deux limiers de la Sûreté mêlés aux invités pour éviter tout vol, soit de la part des matelots malais qui dirigeaient les barques, soit d'un voleur attiré là par l'appât d'un riche et facile butin sur la personne de ces femmes frivoles, dans les poches de ces insouciants garçons.

Corsaire Sanglot, à l'arrière d'une des barques songeait, Louise Lame et la chanteuse de music-hall, serrées l'une contre l'autre, éprouvaient une angoisse inexplicable.

Brusquement, les moteurs cessèrent de gronder. On était arrivé à la pêcherie merveilleuse. Déjà, on lançait les filets quand à l'horizon apparut une raie d'écume blanche qui se rapprochait. On n'y prêta d'abord pas attention. Mais l'un des marins l'ayant observée s'écria soudain : « Les requins! Les requins! »

C'étaient eux en effet, ils approchaient par rapides coups de queue et, de la digue où tout Nice était groupé, un grand cri d'angoisse s'éleva. Les barques se mirent à fuir, mais les requins n'étaient pas loin. Brusquement, ils plongèrent. Un instant long et tragique puis les flots se colorèrent de rouge. C'était du sang. Puis quelques requins reparurent qui foncèrent sur les barques. C'est alors que le Corsaire Sanglot...

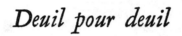

Deuil pour deuil

Ces ruines sont situées sur les bords d'un fleuve sinueux. La ville dut avoir quelque importance à une époque ancienne. Il subsiste encore des bâtiments monumentaux, un réseau de souterrains, des tours d'une architecture bizarre et variée. Sur ces places désertes et ensoleillées nous avons été envahis par la peur. Malgré notre anxiété, personne, personne ne s'est présenté à nous. Ces ruines sont inhabitées. Au sud-ouest s'élève une construction métallique ajourée, très haute et dont nous n'avons pu déterminer l'usage. Elle paraît prête à s'écrouler car elle penche fort et surplombe le fleuve :

« Maladies étranges, coutumes curieuses, amour battant de cloche jusqu'où m'égarez-vous ? je ne trouve en ces pierres nul vestige de ce que je cherche. Le miroir impassible et toujours neuf ne révèle que moi-même. Est-ce dans une ville déserte, un sahara que doit logiquement se produire cette rencontre magnifique ? J'ai vu de loin s'avancer les belles millionnaires avec leur caravane de chameaux galonnés porteurs d'or. Je les ai attendues, impassible et tourmenté. Avant même de m'atteindre, elles se transformèrent en petites vieilles poussiéreuses et les chameliers en ganaches. J'ai pris l'habitude de rire aux éclats des funérailles qui me servent de paysage. J'ai vécu des existences infinies dans des couloirs obscurs, au sein des mines. J'ai livré des combats aux vampires de marbre blanc mais, malgré mes discours astucieux, je fus toujours seul en réalité dans le cabanon capitonné où je m'évertuais à faire naître le feu du choc de ma cervelle dure contre les murs moelleux à souhait de me faire regretter les hanches imaginaires.

« Ce que je ne savais pas, je l'ai inventé mieux qu'une Amérique à dix-huit carats, que la croix ou la brouette. Amour ! Amour ! je n'emploierai plus pour te décrire les épithètes ronflantes des moteurs d'avia-tion. Je parlerai de toi avec banalité car le banal me présentera peut-être cette extraordinaire aventure que je prépare depuis l'âge de la parole tendre et dont j'ignore le sexe. J'ai appris, comme il convient, aux vieillards à respecter mes cheveux noirs, aux femmes à adorer mes membres; mais de ces dernières j'ai toujours préservé mon grand domaine jaune où, sans cesse, je me heurte aux vestiges métalliques de la haute et inexplicable construction de forme lointai-nement pyramidale. Amour, me condamnes-tu à faire de ces ruines une boule d'argile où je sculpterai mon image, ou dois-je la faire sortir en arme de mes yeux? Dans ce cas, de quel œil dois-je faire usage et n'est-il pas de mon intérêt d'employer les deux à la récréa-tion d'un couple d'amoureux que je violerai aveu-glément, nouvel Homère au pont des Arts dont je devrai à tâtons miner les piles sinistres, au risque d'être abandonné sans pouvoir guider mes pas dans ces grandes étendues jaunes et ensoleillées où les fusils montent la garde des sentinelles mortes. Amour me condamnes-tu à devenir le démon tutélaire de ces ruines et vivrai-je désormais une éternelle jeunesse à travers ce que les décombres blancs me permettront de voir de la lune? »

C'est à ce moment qu'elles apparurent. Les avions sans pilote encerclèrent de ronds de fumée les grands phares aériens et immobiles perchés sur des récifs de formes changeantes en éventail d'apothéose. C'est à ce moment qu'elles apparurent :

La première portait chapeau claque, habit noir et gilet blanc, la seconde manches à gigot et col Médicis et la troisième une chemisette de soie noire décolletée en ovale qui, glissant continuellement de gauche à droite et de droite à gauche, découvrait tour à tour jusqu'à la naissance du sein ses deux épaules d'un blanc un peu bistré.

Je possède au plus haut point l'orgueil de mon sexe. L'humiliation d'un homme devant une femme me rend tantôt taciturne et malade pendant plusieurs jours, tantôt me donne une colère blanche que je calme par de savantes cruautés sur certains animaux, sur certains objets; je recherche pourtant ces spectacles irritants qui me poussent parfois à me boucher les oreilles et à fermer les yeux.

Je ne crois pas en Dieu, mais j'ai le sens de l'infini. Nul n'a l'esprit plus religieux que moi. Je me heurte sans cesse aux questions insolubles. Les questions que je veux bien admettre sont toutes insolubles. Les autres ne sauraient être posées que par des êtres sans imagination et ne peuvent m'intéresser.

Ces ruines sont situées sur les bords d'un fleuve sinueux. Le climat y est quelconque. Au sud-ouest s'élève une construction métallique ajourée, très haute et dont nous n'avons pu déterminer l'usage.

Un jour ou une nuit ou autre chose les portes se fermeront : prédiction à la portée de tous les esprits. Je guette le prophète au détour de la route noire entre les champs verts, sous un ciel de bouleau. Il paraît, convenablement vêtu, rasé, ganté.

— C'est ·après-demain la grande immigration. L'écliptique deviendra une petite spirale violette. Les sapins commenceront. Ils traverseront les continents et les mers. Près de Dieppe ils croiseront les icebergs et la banquise cheminant de conserve en sens contraire, puis les lianes ramperont avec les violettes. La terre aura deux chignons de verdure et une ceinture de chasteté en glace.

Mais que dira l'homme devant ces grandes mobilisations minérales et végétales, lui, jouet sans équilibre du plus cocasse pari d'un tourbillon et d'une alliance de mariage entre les éléments petits et les vides qui séparent les mots retentissants?

Le passé comme un ressort à boudin se tasse et chante et brouille l'une sur l'autre ses plaques photographiques. O chevelure de Théroigne de Méricourt chère aux amants ténébreux!

Je regarde les hirondelles et leur aérodrome imaginaire où, depuis quelques jours de guimauve verte des flèches contournées décrivent des arabesques multicolores pour la plus grande joie des petits serpents aéronautes dont le sifflement caractéristique annonce aux aventuriers perdus dans une rue inconnue, au centre d'une ville lointaine, que la femme aux habits bleu de ciel approche de sa démarche rapide malgré ses hauts talons, avec la double auréole des saints Pierre et Paul autour de ses seins nus, grâce à deux ouvertures béantes pratiquées dans le satin de son corsage montant.

Le rapport du circuit des hirondelles, des flèches et des serpents volants à la femme aux habits bleu de ciel est comparable au point de conjugaison de trois rayons de soleil réfléchis par des miroirs de métal précieux. Si vous y mettez le doigt, une brûlure cir-

culaire y attachera son chaton indélébile. Mais elle,
la femme aux habits bleu de ciel (c'est toujours la
même)? je ne me lasse pas d'en parler et de la dégui-
ser en ayant soin de dissimuler à vos yeux les pinces
de homard violet qui lui tiennent lieu de pieds.

Les petits serpents ont sifflé à mon oreille; j'ai prononcé au hasard deux lettres, les initiales de la femme
aux habits bleu de ciel, aux seins nus, aux pinces de
homard en guise de pieds.

Au tournant de la rue j'ai rencontré Charles Quint
que depuis si longtemps je désirais connaître.

En habit de velours noir il passa près de moi. Dans
sa main droite, il tenait un oiseau mort dont je ne
pus distinguer l'espèce, une espèce d'appartement,
serin ou albatros; dans sa main gauche, il serrait un
minuscule pot de capucines.

Près de moi il dit :

— Le jour où disparaîtront d'un seul coup tes amis!
où d'un seul coup disparaîtra la terre et ce qu'elle
porte, hormis toi! quand tu seras seul on te croira
mort; c'est on qui le sera. L'univers meurt chaque
fois que meurt un homme, et il y a beaucoup d'hommes
parmi les hommes. La femme aux habits bleu de ciel
approche, femme comme les autres femmes, tu en
auras bien vite assez, tu as le temps de courir et de
te libérer de la pesanteur artificielle.

Des capucines fleurissent dans le ruisseau.

Il pleut des bijoux et des poignards.

Il y avait une fois un crocodile. Ce crocodile se
nourrissait de nageuses en maillot noir et il épargnait
les nageuses en maillot rose. Pourtant, que de belles
nageuses en maillot noir! Ce crocodile est aussi un
bracelet. Ce bracelet je l'ai donné à la femme aux
habits bleu de ciel. En échange, elle m'a donné ses
habits. Je l'ai regardée partir toute nue dans la nuit,
entre les arbres.

« Jamais il ne sacrifia à la lumière éphémère des
bougies. » Je lus longtemps cette phrase inscrite à
la trente-deuxième page des œuvres complètes de
Bossuet et l'austère physionomie du prédicateur se
dressa avec ses deux ailes de pingouin blanc devant
la jumelle prismatique de mon imagination. Quelques
jours après, à la terrasse d'un café, je buvais de l'al-
cool tout en observant de l'œil droit une femme
blanche et rose comme la reine des banquises et du
gauche une femme bleu de Prusse, aux yeux brillants,
aux lèvres blanches en glace de Venise, qui lisait une
lettre écrite sur papier garance.

La magie des couleurs qui, pour les peintres, n'est
pas encore un lieu commun, tenait dans ma petite
cuillère. Je l'avais en effet trempée dans du pétrole
de première qualité. Les couleurs sont magiques intrin-
sèquement et non par la seule vertu des yeux d'un
racleur de palette. Je projetai d'écrire un article sur
ce sujet, mais d'un point de vue ésotérique, quand
je constatai que la femme de gauche était devenue
un joli gigot d'agneau en collerette de Malines. Un
homme impassible le découpait. De petits ruisseaux
blancs comme le lait et cependant brillants comme
le diamant coulaient de la chair tendre et remplissaient
une flûte à champagne. Ce récipient périmé grandis-
sait à mesure que le liquide coulait de sorte qu'il
n'y avait jamais qu'une goutte de liquide dans le fond
et qui se reflétait dans chacune des facettes dont il
était taillé. Par la grâce du soleil, chacune de ces
images virtuelles représentait mon visage et un pied
dans son bas bleu foncé de la femme de droite. Le
tout grossissait sans se déformer considérablement suivant la croissance du verre et j'observai que ma peau

assez agréable à toucher et relativement délicate, grandeur nature, prenait à cette échelle l'aspect d'un acier solide. La femme de droite se leva. Je me levai aussi pour la suivre, mais j'étais ébloui et les reflets de mon visage dansaient devant moi comme autant de balles d'une fusillade de chasseurs invisibles. La femme que je suivais boitait un peu. Elle me distança pourtant. En haut d'une rue montante elle disparut. Je courus. Quand j'arrivai au faîte de la côte, je l'entrevis comme un point au bas de la rue descendante. Elle chemina un peu et tourna par une voie transversale. Je restai seul à observer ce carrefour où brillait un réverbère vert. Un autobus passa. Il était absolument vide. Bien que personne n'attendît il s'arrêta. Le receveur sonna, le moteur assoupi ronfla plus fort et, dans le crépuscule, le véhicule passa lumineux et disparut lui aussi.

Bossuet! Bossuet! tu serais sans doute un type pas mal si tu n'avais mis ta voix retentissante et grave au service d'une puissance solide et de principes creux au lieu de prêcher une morale audacieuse plus préoccupée des mystères insolubles de l'individu que des rébus arbitraires d'une sénile métaphysique et d'une vieille religion. Un grand vent souffle sur des nuages violets qui s'entrouvrent sur une jambe de femme et, parfois, le dormeur est éveillé à minuit par sa chandelle ou sa lampe électrique. Elle palpite et craque. Elle s'allume d'elle-même. L'homme regarde un instant les ombres bizarres qui transforment ses murs, il se lève, jette sur son pyjama un manteau hâtif et s'en va vers le carrefour où disparut la femme de droite, belle comme un voleur. Il regarde jusqu'à l'aube passer les autobus vides. Le plus hardi, à l'œil perçant déchiffre l'inscription lumineuse qui indique, au-dessus du wattman, la direction. Il lit : « CORRIDOR ». S'il a du cœur et de l'inquiétude il se taira, même à l'heure de l'amour, sinon il cherchera dans la clef des songes une explication utilitaire à son aventure nocturne. Il attendra encore longtemps la fortune ou la cherchera au-delà de sa ville sans se douter que je compte inépuisablement les pièces lumineuses qui composent le trésor caché par des savants occultes sous le trente-deuxième pavé de la rue des omnibus vides qui vont vers « CORRIDOR ». Derrière lui, sur la colline des chameaux blancs et des gazogènes, Bossuet dresse son index blanc vers le tonnerre. J'ai mis, depuis quelque temps, un chapeau haut de forme sur ses cheveux blancs. Le vent souffle sans seulement éteindre les petites lanternes rouges des rues barrées. Le noctambule peut marcher sans crainte, si je ne l'assassine pas au prochain tournant, il dormira tranquille ou procréera pacifiquement avec son épouse ridicule. Il ignorera probablement toujours l'existence de l'évêque majestueux coiffé d'un huit reflets de lune.

Avez-vous la monnaie de ma pièce? Personne au monde ne peut avoir la monnaie de ma pièce.

— A mort! à mort! criaient les assistants. Je ne pouvais rien voir du spectacle tragique. Des filles demi-nues, des hommes robustes, et de jeunes garçons il en vint, il en passa. Mais le drame n'était pas dans la succession monotone et inquiétante de ces humains mobilisés par la même peur et le même désir. Il était dans le sort d'une persienne à demi arrachée de ses gonds et que le vent lugubre de l'hiver ébranlait de minute en minute et travaillait à enlever pour garnir sans doute une fenêtre inconnue du ciel, sans doute celle où chaque jour, à dix heures ou à trois heures, une beauté blonde, nue jusqu'à la ceinture, arrose

silencieusement un pot de géranium en comparant
par la pensée le bleu de ses yeux au bleu jusque-là
incomparable du ciel plus profond qu'une mer capable
de supporter des vaisseaux lourds, d'un tonnage considérable et dont l'étrave cruelle profondément enfon-
cée dans les flots va rappeler aux requins endormis
dans les coraux que voilà longtemps qu'ils ont mangé
tous les poissons de ces régions océaniques et qu'ils
ont faim. Des coups de queues alors transforment la
calme surface où rêvaient des îles à Gauguin et les
femmes, étoiles de rêve penchées sur leur propre
image, au hublot, œil rouge du paquebot, se demandent
quelle passion prodigieuse agite soudain ces ventres
blanc d'argent, ces redoutables mâchoires quadruples
au palais rouge tendre et ces échines d'une couleur
rappelant de pacifiques canapés dans des fumoirs
mondains sans se douter que le bâtiment spécialement
construit pour leur croisière lointaine a seul réveillé
ces monstres aquatiques, sonné à leurs nageoires un
désir de voyage et doté leur structure robuste d'une
agilité nouvelle pour aller vers des côtes tempérées,
glaciales ou tropicales chercher un nouveau butin,
quitte à se contenter de l'hécatombe sans honneur de
milliers de crevettes rouges dans une eau peu profonde.

A la fin le vent emporta la persienne. Le soleil en
profita pour flageller de ses rayons alternés avec
l'ombre des traverses la foule qui clamait : « A mort!
A mort! » dans la rue où, vainement, je me haussais
sur la pointe des pieds pour apercevoir le motif de
tant de haine, tout en guettant du « COIN DE L'ŒIL »
le vol baroque de la persienne surnaturellement sou-
tenue par le vent et portée sans doute aucun vers la
fenêtre mystérieuse. Ma double attente ne fut pas
vaine. La persienne se logea dans d'invisibles char-
nières et s'ouvrit sur une fenêtre à laquelle apparut

une beauté brune aux yeux clairs, à l'instant même
où, nue et les seins bandés, elle sortait triomphale-
ment de la foule qui criait lâchement à mort sans
pouvoir seulement porter l'ongle d'un petit doigt sur
l'épaule blanche et le cou majestueux de celle qui,
du haut d'une fenêtre du ciel, considérait leur inu-
tile pantomime. Elle m'aperçut enfin et me dit : « Je
suis et tu es et cependant je ne puis dire que nous
sommes. La ridicule convention conjugale du verbe
nous sépare et nous attire. J'ai des yeux merveilleux
et des bijoux à damnation. Vois mes bras et vois mon
cou. Un indicible amour naît en toi au fur et à mesure
que je parle. Je suis la Beauté brune et la Beauté
blonde. La triomphale beauté sans beauté. Je suis Tu
et tu es Je. Des grappes de prunes pendent à mes
doigts. Un cœur c'est aussi un petit pois qui germera
ridiculement, dans la destinée d'accompagner de façon
anonyme la dépouille mortelle d'un canard sauvage,
sur un plat d'argent, dans une sauce richement colorée. »

Régulièrement après chaque révolution les drapeaux du régime ancien oubliés sur des édifices dont
l'usage doit changer avant peu s'envolent comme des
cigognes. Les femmes nues qui se promènent par
groupes de quatre ou cinq avant le lever du soleil à
l'heure trouble où les clochers sentent s'agiter confu-
sément les cloches et qui, bien que nues, circulent
cependant sous l'œil sympathique des agents de police,
regardent l'émigration de ces oiseaux d'étoffes bario-
lées et, parfois, l'une d'elles s'emparant au passage
d'un oriflamme, peut-être glorieux suivant les conser-
vateurs, le détourne à la fois de son voyage et de son

rôle pour revêtir ses formes alléchantes. Perdant toute dignité la femme ainsi vêtue voit lentement tomber les lumières de sa couronne de rêve, et tandis que ses sourcils, abandonnant la rectitude qui les caractérisait, se conforment aux règles de l'arc, des muscles puissants gonflent son harmonieuse stature. Elle marche jusqu'au bec de gaz le plus proche et là, attestant que jamais gibet ni Golgotha ne furent plus tragiques, elle disparaît dans l'air comme un duvet de cygne d'abord, puis comme une fumée, puis comme moins qu'un regard, l'image dans la glace, un souvenir de parfum.

Et voilà pourquoi mystérieusement sont vides une heure à peine avant l'aube les rues de la grande cité, laborieuses et bourdonnantes une heure après.

Écoutez! des tambours et des cris, le roulement funeste d'une puissante auto présagent la Révolution prochaine. Des hommes seront guillotinés, les drapeaux s'envoleront comme des cigognes mais d'inguillotinables femmes décevront, laisseront songeurs au haut des estrades sanglantes les sympathiques, les pensifs bourreaux.

L'étoile du Nord à l'étoile du Sud envoie ce télégramme : « Décapite à l'instant ta comète rouge et ta comète violette qui te trahissent. — L'étoile du Nord. » L'étoile du Sud assombrit son regard et penche sa tête brune sur son cou charmant. Le régiment féminin des comètes à ses pieds s'amuse et voltige : jolis canaris dans la cage des éclipses. Devra-t-elle déparer son mobile trésor de sa belle rouge, de sa belle violette ? Ces deux comètes qui, légèrement, dès cinq heures du soir relèvent une jupe de taffetas sur un genou de lune : la belle rouge aux lèvres humides,

amie des adultères et que plus d'un amant délaissé
découvrit, blottie dans son lit, les cils longs et feignant
d'être inanimée, la belle rouge enfin aux robes bleu
sombre, aux yeux bleu sombre, au cœur bleu sombre
comme une méduse perdue, loin de toutes les côtes,
dans un courant tiède hanté par les bateaux fantômes.
Et la belle violette donc! la belle violette aux cheveux
roux, à la belle voilette, au lobe des oreilles écarlate,
mangeuse d'oursins, et dont les crimes prestigieux ont
lentement déposé des larmes d'un sang admirable et
admiré des cieux entiers sur sa robe, sur sa précieuse
robe. Les étranglera-t-elle de ses doigts de diamant,
elle, la charmante étoile du Sud, suivant le perfide
conseil de l'étoile du Nord, la magique, tentatrice et
adorable étoile du Nord dont un diamant remplace
le téton à la pointe d'un sein chaud et blanc comme
le reflet du soleil à midi?

Timonières, comètes violette et rouge, timonières
du bateau fantôme où guidez-vous votre cargaison de
putains et de squelettes dont le superbe accouplement
apporte aux régions que vous traversez le réconfort
de l'amour éternel? Séductrices! La voilette de la violette est le filet de pêche et le genou de la rouge sert
de boussole. Les putains du bateau fantôme sont
quatre-vingt-quatre dont voici quelques noms : Rose,
Mystère, Étreinte, Minuit, Police, Directe, Folle, Et
cœur et pique, De moi, De loin, Assez, L'or, Le verre
vert, Le murmure, La galandine et La-mère-des-rois
qui compte à peine seize années de celles que l'on
nomme les belles années. En désespoir de cause, les
squelettes de l'ARMADA livrent combat à ceux de
la MÉDUSE.

Là-haut, dans le ciel, flottent les méduses disper-
sées.

Avant que de devenir comète, l'étoile du Sud à
l'étoile du Nord envoie ce télégramme. « Plonge le

ciel dans tes icebergs! justice est faite! — L'étoile du
Sud. »
   Perfide étoile du Nord!
   Troublante étoile du Sud!
   Adorables!
   Adorables!

   Sur la table, un verre et une bouteille sont disposés
en souvenir d'une vierge blonde qui connut dans la
pièce et pour la première fois l'inquiétante blessure
menstruelle et qui, élevant le bras droit vers le plafond et tendant le gauche vers la fenêtre faisait, à
volonté, voltiger des triangles de pigeons voyageurs.
Là-bas, du côté où les sables brûlants du désert cachent
jalousement un dolman bleu tendre sur un mannequin d'os blanc, elle a prié à genoux le ciel de se
transformer en écharpe pour recouvrir ses épaules,
un peu osseuses en vérité, mais fort délicates eu égard
aux lanières du fouet qui ne manquera pas de s'abattre
sur elle et sur sa croupe tendue, très loin d'ici, dans
les mines d'argent du Baïkal, au fond d'une galerie
et du temps du Tsar.
   En attendant, la vierge blonde trempe ses cheveux
dans mon café; il est midi, le vin devient colombe
dans le litre légal déposé sur la table à côté d'un
verre à côtes. Le café devient thé, la vierge blonde
pâlit un peu : elle chantera désormais mieux que le
rossignol. On sonne : dans son habit de velours à
côtes entre le médecin légal. Il s'assoit. Il libère la
colombe enfermée dans le litre, retourne le verre qui
devient sablier, baise sur les lèvres la vierge blonde.
Il m'appelle assassin. On entre, qui? deux gendarmes...
et les menottes!
   Voilà pourquoi je suis ici, messieurs les juges, mes-

sieurs les jurés. Votre accoutrement ridicule me rappelle, hélas! que le règne d'Henri III n'est pas encore terminé. Le litre légal deviendra couronne. Le verre deviendra un œil de verre pour vos orbites creuses. Le médecin inventera une machine à tuer le réveil et à dormir.

Moi je deviendrai un géant vêtu de fer et d'or plus souple que la soie. Vous direz que je suis un aigle, mais les aigles ont des ailes et dans mon nom cette lettre prédestinée aux chutes irrémédiables ne figure pas. A force d'exploiter les mines, la terre sera creuse. Moi je dors sur une table de verre et vous, vous êtes de fausses colombes en état de péché mortel. Le déluge tient dans mon litre légal, et je vous somme de me rendre ce qui appartient à César.

Là-bas où un squelette sert de mannequin à un dolman bleu tendre, la vierge blonde précipite sa course à travers les sables du désert. Et chaque grain de sable à son voisin communique la nouvelle; la nouvelle précède et entoure concentriquement la vierge blonde; à la place même où elle met le pied, l'empreinte de celui-ci écrase plusieurs fois la nouvelle contenue dans le grand nombre de grains de sable réunis dans le pourtant petit espace d'une empreinte de pied de la vierge blonde. La nouvelle gagne le monde. Les sables de SAINT-MICHEL qui sont mouvants, ceux du KALAHARI qui sont verts, ceux des sabliers qui sont privés d'air depuis longtemps, ceux des plages et ceux qui, larmes telluriques, sont emprisonnés dans la gaine de macadam, la belle robe de la rue. La nouvelle, cependant furieuse d'être dévoilée, se lève derrière l'horizon et sa main menace la petite vierge blonde toute menue dans le grand désert

où le vent très ému encore des soupirs de Memmon
se demande quel est ce dolman bleu tendre flottant
sur un squelette. La vierge blonde arrive au but avant
la nouvelle et quand celle-ci arrive à son tour elle
trouve un écriteau :

LEBLOND

Tailleur militaire.

et n'a plus qu'à reprendre son chemin sur le murmure des sables cancaniers.

Que s'était-il donc passé entre le dolman, le squelette et la vierge blonde. Il s'était passé que, fille
d'Ève, elle avait revêtu le dolman tandis que le squelette en sifflant rentrait dans le sol. Ayant revêtu le
dolman, les escadrons du désert lui demandèrent des
ordres et elle? Que put-elle dire sinon commander
tout soudain, le formidable galop de deux mille méharis
à travers le Sahara d'abord, puis à travers toutes les
écuries du monde avant de s'arrêter devant celles de
John John, le célèbre propriétaire des étalons de course.
Inesthétique spectacle! deux mille chameaux à côté
de trente pur sang! Les champs de courses furent
livrés aux vaches et John John le propriétaire, celui
même qui jamais ne pêcha à la ligne, déclara sa foi
en la vitesse acquise. Une automobile rouge transporta John John et la vierge blonde jusqu'en ce pays
où ils se sont réfugiés dans une somptueuse chaumière
avec le désir précis d'y finir leurs jours dans le jeûne
et l'abstinence. Le jeûne? quel orgueil : ils vieilliront.
Quant à l'abstinence, elle est prohibée, oui prohibée,
comme la chasse, la pêche et la calvitie. Charmante
vierge blonde va... jusqu'à l'adultère.

Le feu qui dévora Sodome et Jean Huss et la cigarette que je viens de jeter, le feu court sur la mer et
les marais, au flanc des cimetières, dans la fumée des
locomotives, aux hublots des transatlantiques.

Au fond de la mer, l'étoile de mer parle avec l'huître
et l'épave. Leurs paroles transmises aux coraux par
les vibrations habituelles de l'eau ne provoquent aucun
retard dans l'horaire fabuleux des marées. L'étoile de
mer se souvient cependant qu'elle fut jadis Vénus
accomplissant sa régulière promenade dans les sentiers invisibles du firmament où florissent les crocodiles
effrayants que l'orage libère quelquefois sur des cités
déshabituées de cette faune depuis le dernier jour du
déluge. Elle se souvient qu'elle fut Icare et qu'elle
chut à cette place même, qu'elle tenta, mais en vain,
d'émerger, suscitant ainsi le mythe ridicule de la naissance profane de la déesse de l'amour et que, vaincue
par la pesanteur et la crampe, elle dut se contenter
d'un repos sur le sable humide des profondeurs. Pauvre
étoile brillante à l'abri des pêcheurs elle étend voluptueusement ses cinq branches délicates et fait tant
que l'huître libère à la fin la perle dont le temps et
la maladie lui avaient fait don.

Singulier dialogue que celui de l'étoile de mer et
de l'huître. La perle roula jusqu'à l'épave qui ne s'en
préoccupa guère et l'étoile acheva de s'étirer. Ainsi
faisait-elle aux beaux matins d'octobre, elle la parfaite maîtresse et la sensuelle amante, quand, déchar-
geant des tombereaux de roses, le blême assassin qui
la suivait laissait enfin tomber son couteau redoutable
dans le ruisseau couleur d'acajou.

L'étoile de mer dort maintenant.

L'huître a refermé sur sa visquosité déparée le
robuste couvercle où s'incrustent des coquillages.

Seule l'épave s'agite. Elle remonte à la surface
avec une perle. La perle roule sur le pont, la perle

est au gouvernail, l'épave dirigée gagne les eaux côtières; un fleuve offre son embouchure barrée par le combat de l'eau douce et de l'eau salée; le navire s'y engage et remonte le courant. Les habitants riverains remarquent ce soir-là l'abondance des feux follets et le miraculeux éclat de leurs lampes et de leurs pipes. Se mettant à la fenêtre, ils voient un sillage blanc se traîner mystérieux. Ils croient que c'est la lune et se couchent sans inquiétude.

Demain, l'étoile de mer se souviendra d'une ancre et l'huître du trou d'un hublot. Elles s'étonneront de l'absence de l'épave à l'arrière de laquelle on déchiffrait le mot MERVEILLE et continueront leur mutuelle et muette contemplation,

Cependant que le guide d'une forêt des Ardennes s'étonnera de voir la belladone fleurir dans des sentiers jusque-là fréquentés seulement par la fougère. Il trouvera au milieu de la forêt un bateau fiché en terre avec une perle au gouvernail, une perle qui lui ordonnera de mourir et à laquelle il obéira.

Cependant que l'homme au dolman bleu tendre, le chasseur du bar où fréquentait la vierge blonde, sa maîtresse, le chasseur bras nus abattra des chênes non loin de là.

Et la perle éternellement fixée au gouvernail s'étonnera que le bateau reste immobile éternellement sous un océan de sapin sans se douter du destin magnifique imparti à ses pareilles sur la terre civilisée, dans les villes où les chasseurs de bar ont des dolmans couleur du ciel.

Guillaume le Conquérant, celui même qui découvrit la loi d'attraction des bateaux, Guillaume le Conquérant est enterré non loin d'ici. Un fossoyeur

s'assied sur une tombe. Il a déjà quatre-vingts ans
depuis le début de ce récit. Il n'attend pas longtemps.
D'une taupinière à ses pieds sort une lumière verdâtre
qui ne l'étonne guère lui, habitué au silence, à l'oubli
et au crime et qui ne connaît de la vie que le doux
bourdonnement qui accompagne la chute perpendi-
culaire du soleil au moment où, serrées l'une contre
l'autre les aiguilles de la pendule fatiguées d'attendre
la nuit appellent inutilement du cri fatidique douze
fois répété le violet défilé des spectres et des fantômes
retenus loin de là, dans un lit de hasard, entre l'amour
et le mystère, au pied de la liberté bras ouverts contre
le mur. Le fossoyeur se souvient que c'est lui qui,
jadis, alors que ses oreilles ne tressaillaient guère, tua
à cet endroit la taupe reine dont la fourrure immense
revêtit, tour à tour, ses maîtresses d'une armure de
fer mille fois plus redoutable que la fameuse tunique
de Nessus et contre laquelle ses baisers prenaient la
consistance de la glace et du verre et dans le chan-
frein de laquelle, durant des nuits et des nuits, il
constata la fuite lente et régulière de ses cheveux doués
d'une vie infernale. Les funérailles les plus illustres se
prolongèrent à l'attendre. Quand il arrivait, les assistants avaient vieilli. Certains et parfois même les
croque-morts et les pleureuses étaient décédés. Il les
jetait pêle-mêle dans la fosse réservée à un seul et
glorieux mort sans que personne osât protester, tant
l'auréole verte de ses cheveux imposait silence et respect aux porte-deuil. Mais voici qu'avec le minuit
anniversaire de la mort de Guillaume le Conquérant,
le dernier cheveu est parti laissant un trou, un trou
noir dans son crâne, tandis que la lumière verte irra-
die de la taupinière.

Et voici que, précédées par le lent grincement des
serrures forcées, arrivent les funérailles du MYSTÈRE
suivies par les clefs en bataillons serrés.

Elles sont là toutes, celles qui tombèrent aux mains des espions, celle que l'amant assassin brisa dans la serrure en s'en allant, celle que le justicier jeta dans la rivière après avoir définitivement fermé la porte des représailles, les clefs d'or des geôliers volées par les captifs, les clefs des villes vendues à l'ennemi par les vierges blondes, par la vierge blonde, les clefs de diamant des ceintures de chasteté, les clefs des coffres-forts vidés à l'insu des banquiers par un aventurier, celles que, sans bruit, le jeune et idéal conquérant retire de la serrure pour guetter d'un œil le coucher de la vierge blonde.

Et tandis que les cieux retentissaient du bruit des serrures divines fermées en hâte, le fossoyeur, le fossoyeur mourait sous l'entassement cannibale des clefs, sur la tombe de Guillaume le Conquérant, tandis que, dans la taupinière, à la lumière verte, se déroulaient les funérailles de la fourmi d'or, la serrure des intelligences.

1, 2, 3, 4, 5, 6, 7, 8, 9, zéro, c'étaient les voix des écolières qui obéissaient à la mesure marquée par l'institutrice, la blonde et vierge institutrice vêtue depuis quelque temps d'un dolman bleu tendre. Mais la pensée blonde de la vierge était loin de la salle de classe bizarrement décorée d'os de mouton et de chameau, elle suivait le vol d'une mouche bleue vers une chambre où reposait l'amant tant désiré, l'amant dont des pierres d'aimant taillées en boutons d'uniforme revêtaient la physionomie d'une gravité sympathique. La mouche prit le chemin d'une forêt vierge et s'arrêta sur un cadavre, celui même de l'amant aux pierres d'aimant et là mêla son vol et son bourdonnement à ceux de trente de ses pareilles, bleues

elles aussi et lucides le soir pour charmer l'entretien
régulier et fatigant de Roméo avec Juliette.

La vierge blonde abandonne alors la salle où trente
têtes d'enfants se penchent sur la régularité du papier
quadrillé. Elle prend le chemin de la forêt vierge et
là rencontre d'abord un tigre rouge puis un tigre violet qui s'écartent sans mot dire. La vierge blonde
cependant s'adresse aux lianes pareilles aux chants
d'amour et leur demande son chemin. Les lianes
vêtues de blanc la guident jusqu'au Champ de Bataille.
La vierge blonde se penche sur le premier mort, c'est
Roméo, le second c'est Juliette. Elle arrête alors sa
mélancolique promenade et regarde sans dire un mot
chacun des boutons d'uniformes. Les uns sont maculés
de sang, les autres de terre glaise. (Terre glaise jamais
sculpteur ne te fera prendre la forme adorable d'un
cœur.) Ils portent tous des attributs bizarres : coq,
carte à jouer, tête de femme. Les yeux de la vierge
blonde ont pris la fixité de l'acier. Attention! Vierge
blonde ton amant n'est pas loin. Là, ne l'avais-je
pas dit? Les boutons d'uniforme aimantés ont arraché les yeux de la vierge blonde qui, aveugle désormais proménera par les champs la lamentation de
son corps et de son âme exposés aux outrages des vaga-
bonds, aux baisers des infirmes, aux caresses des
malades, tandis qu'avec les premières lueurs du jour
les brancardiers chargés de relever les victimes du
combat héroïque trembleront d'effroi à voir sur la
tunique d'un mort jeune et robuste deux boutons
d'uniforme en trop. A regarder de plus près, ils verront que ce sont deux yeux et leur trouble sera plus
grand. Ils reculeront et le cadavre achèvera de pour-
rir sous les mouches!

Cependant, dans la salle de classe un crayon rouge,
un crayon vert, un crayon jaune et la craie clair de
lune du tableau noir attendront longtemps le retour

de la main qui savait les plier aux exigences d'une imagination capricieuse. Cependant, vêtus de terre et de ciel, la vierge aveugle et blonde et l'amant percé au cœur par une balle aiguë errent dans le ciel. Nul ne leur enseigne leur chemin. La nuit tombe, une nuit noire et méchante qui les égare des feux mouvants d'une forge aux blêmes lumières d'un homicide océan.

Dans un cimetière, deux tombes sont vides et deux dalles mortuaires sans nom tombent de la montagne avec fracas dans un torrent froid où, le matin suivant, les écolières boiront sans crainte. Gare à vous mères! il y aura des putains parmi vos filles! il y aura des putains.

Dans une ville du Nord, il y avait un baromètre surprenant auquel les orages et la pluie, le soleil et la neige venaient demander des ordres. Un jour, les flots les plus reculés de l'océan, ceux qui baignent les îles désertes et ceux où les lavandières lavent le linge, voulurent voir le mystérieux tyran qui réglait les équinoxes et les naufrages. Ils montèrent à l'assaut de la ville. Sept jours et sept nuits les habitants se défendirent par le fusil et le canon contre ce qu'ils appelaient la barbarie liquide. Ils succombèrent et l'obéissant soleil du huitième jour éclaira leurs cadavres, présida à leur décomposition et put voir la foule majestueusement pacifique des flots apporter son tribut d'écume au tyran le baromètre qui, insoucieux de cet hommage, pensait que loin de lui, sauvé par le sacrifice de sa ville, une vierge blonde et un pirate au dolman bleu pâle s'étreignaient sur les algues du fond de la mer déserté par l'eau au moment même où s'engloutissait le paquebot MERVEILLE qui les portait.

Écoutez. La nuit dense laisse jusqu'à mes oreilles parvenir le gémissement d'un enfant martyr torturé par des parents luxurieux, à moins que cela ne soit le cri d'adieu d'un chat angora, embarqué malgré ses miaulements sur un transatlantique à destination lointaine et qui, tandis que le bâtiment longe pour peu de temps encore la côte, salue ses maîtresses sauvages, les chattes accroupies avec les yeux phosphorescents à la place des phares au risque d'induire en erreur les bateaux peu habitués aux récifs de ces parages!

Écoutez, c'est, ce n'est pas le cri enfantin d'un viol nocturne ni les pleurs d'un félin, c'est le chant sinistre de l'eau dans les conduites et mon robinet qui pleure lentement sur la salle funéraire qui me sert d'évier. L'eau emprisonnée dans l'immense boa maigre qui court d'une maison à l'autre entend parler ses gouttes.

« Moi, dit l'une, je fus jadis issue brutalement d'une lance de pompier à l'effet d'éteindre un incendie. Peine perdue, les flammes me transformèrent en oiseau et je m'évadai vers le ciel auquel me prédestinait de longues vicissitudes dans un bassin du parc où les cygnes étaient d'anciennes femmes adulées aux temps lointains. Moi, dit l'autre, j'ai croupi longtemps dans une mare en compagnie de cadavres bleus et les nénuphars me parfumaient délicatement. »

De temps à autre, un long frisson parcourt l'eau. C'est une vierge blonde qui se lave après l'amour et qui demande au liquide incolore d'effacer de son corps les traces d'un combat de cauchemar. Bienheureuses les gouttes prédestinées à l'intimité de son corps, mais bienheureuses aussi celles qui connurent le frôlement des sirènes près des écueils et la déchirure qu'apporte dans l'océan l'étrave des cuirassés. Une autre raconte qu'elle courut sous la terre avant de surgir d'une source et qu'ainsi lui fut-il donné de voir de beaux nageurs étendre la main vers le ciel en signe de deuil et couler à pic. Souvenir de corail, souvenir de méduses, souvenir d'îles, souvenir de nuages, souvenir de nageuses, souvenir d'après l'amour, c'est la chanson de mauvais augure de l'eau dans les conduites de plomb de la cité. Un grand parapluie rouge sort d'un édifice officiel et rend sourds les habitants de la ville.

Là-bas, d'autres gouttes d'eau connaissent la compagnie des poissons (qui dira l'extraordinaire importance des poissons en poésie ? ils évoquent le feu et l'eau et ce sont eux que regrettent les gouttes dans les conduites de plomb de la cité). Par moments, un long frisson sonore secoue les prisonnières. C'est le poète au dolman bleu tendre qui étanche sa soif solitaire, c'est la vierge blonde qui met de l'eau dans son vin, c'est l'arrosoir municipal qui s'emplit avant sa promenade matinale.

L'eau terrible coule goutte à goutte sur la dalle funéraire qui me sert d'évier. « Eau! Eau! ne coule plus, je suis propre, ne coule plus. Mes yeux pleurent comme toi sans douleur et sans peine et je n'ai pas soif.

« Eau, tu roules trop d'yeux pour que j'ose te contempler. J'ai peur de tes multiples sphères où sont visibles tes souvenirs comme le SACRÉ-CŒUR dans un porte-plume d'os. »

Mais l'eau n'écoute pas. Elle s'écoule. La bouillotte sur le feu gronde car l'eau tourbillonne et s'évapore. Une heure après mon réveil la ville est sèche.

« Passant perdu, ce désert ne fut pas toujours désert. Jadis, une ville florissait ici, mais l'eau s'est enfuie et le sable l'a recouverte de ses constellations sans éclat.

La dalle sur laquelle tu t'assois ne fut pas toujours funéraire. Elle fut auparavant pierre d'évier où l'eau fraîche coulait sinistrement la nuit en emplissant d'angoisse l'appartement que j'habitais. Ces oripeaux bleu de ciel ne furent pas un drapeau mais... »

Mais le passant passe et le ciel féroce reste sans orage. Grand ciel.

La rue était longue et bordée de boutiques de tailleurs. A vrai dire, ces artisans ne faisaient pas fortune à cette heure. Il était deux heures du matin. Une grève récente avait diminué le contingent des allumeurs de réverbères. L'un d'eux achevait sa besogne et j'admirai la présence d'esprit de la municipalité qui obligeait ces modestes serviteurs à se vêtir de bleu pâle pour allumer et de noir pour éteindre. Je marchai durant longtemps et mon ombre tournait autour de moi fatidiquement.

Un jour sans doute elle s'arrêtera et ce sera mon dernier jour. En attendant, je suivais l'allumeur de réverbères vêtu d'une blouse bleu pâle et qui accomplissait sa besogne au pas de course.

Au bout d'une heure, je fus arrêté par la vierge blonde. Revêtue de ses plus beaux vêtements et fardée, elle était descendue dans la rue pour tâcher de gagner quelque argent en se livrant à la prostitution. L'espace d'une minute je considérai les différents aspects de cette importante question, j'évoquai les vieilles femmes des côtes réduites à rechercher la compagnie des hippocampes et qui, lorsque l'étreinte a été trop longue, remontent lentement à la surface. Les molitors les repêchent à l'aube et cela fait une tombe de plus et une femme de moins. J'évoquai les petites filles des pensionnats conduites par troupe de

quarante dans les casernes, les femmes oublieuses de
leur dignité dans les bars et celles qui, grâce à l'ombre
propice du cinéma, essaient d'oublier le héros de
l'écran. Puis je m'endormis.

Il dort, dit la lune.

Et lentement, elle commença à égrener un chape-
let d'étoiles. Les étoiles se plaignaient doucement, la
comète qui servait de pendentif brillait de mille feux
et je me demandais combien de temps encore dure-
rait cette incantation. La lune priait! Les étoiles une
à une pâlissaient et le matin blémissait mes tempes.
La foule emplissait la rue, les tramways passaient, les
molitors loin de là repêchaient des cadavres de vieilles
femmes. Je dormais.

La surprenante métamorphose du sommeil nous
rend égaux aux dieux. Leurs actions sont réduites à
l'importance de celles des acteurs sur une scène sub-
ventionnée et nous, vêtus de frac, à la loge ou à
l'avant-scène, nous les applaudissons. Quand le spectacle languit, nous montons à leur place et là, pour
le plaisir, nous courons à de mortelles aventures.

Foule qui passes dans cette rue, respecte mon sommeil. Les grandes orgues du soleil te font marcher au
pas, moi je m'éveillerai ce soir quand la lune commen-
cera sa prière.

Je partirai vers la côte où jamais un navire n'aborde;
il s'en présentera un, un drapeau noir à l'arrière.
Les rochers s'écarteront.

Je monterai.

Et dès lors mes amis, du haut de leur observatoire,
guetteront les faits et gestes des bandes de pavillons
noirs répandus dans la plaine, tandis qu'au-dessus
d'eux la lune dira sa prière. Elle égrènera son chape-
let d'étoiles et de lointaines cathédrales s'effondre-
ront.

Je ne reviendrai qu'avec la vierge blonde, la belle,

la charmante vierge blonde qui fait pâlir la lune sur les pommiers en fleurs.

Mourir! ô mourir dans une cressonnière!

Le silence tomba par nappe dans la salle de théâtre, il rebondit de l'amphithéâtre aux fauteuils d'orchestre : le pianiste venait d'apparaître. Il s'assit devant le palissandre qui aurait pu servir de cercueil à tous les assistants, aussi bien ceux de naissance obscure que ceux, riches, qui font courir à leurs funérailles les valets galonnés des pompes funèbres et qui reposent durant des éternités dans des mausolées de taffetas et d'argent en souvenir de la vierge blonde, laquelle était vêtue le jour de leur rencontre d'une robe de soirée également en taffetas et portait un diadème d'argent dans les cheveux.

Le pianiste s'assit. Et tandis que la foule écoutait, recueillie, une mélodie assez mauvaise, j'écoutai le palissandre du piano me raconter son histoire :

« J'étais déjà robuste quand des nègres féroces peints en bleu amenèrent devant moi un homme blanc vêtu de blanc. Ils l'attachèrent et leurs flèches perçant l'explorateur et mon aubier firent jaillir, ce qui me parut surprenant venu d'une chair blanche, un sang rouge jusqu'à mes plus hautes branches. Les nègres partirent avec le cadavre à l'effet de le vendre très cher à sa famille, car il paraît que vous autres Européens vous attachez beaucoup de cas à cette marchandise dépréciée comme si nous, les palissandres, nous achetions les pianos faits avec la dépouille de nos pères. »

Une danseuse qui remplaça le pianiste m'empêcha d'entendre la suite.

Je suis sorti du théâtre banal. Dans les rues et les

boulevards, partout où je passais, flottait, issue des appartements à travers les fenêtres et filtrée par les rideaux, l'histoire du palissandre des pianos.

« J'étais déjà robuste quand des nègres féroces vêtus de bleu, etc. » Je me bouchai les oreilles. Quand je les ouvris, les cloches sonnaient. Il y avait de cela quatre cents ans. Les pianos avaient conquis la ville. C'étaient de grandes assemblées de ces instruments à minuit, sur l'esplanade des Invalides, qui constituaient la principale attraction de la cité.

Ah! terrible imagination de Dieu, jusqu'où conduiras-tu l'aveugle civilisation. Nous les trois ou quatre clairvoyants, nous pressentons déjà les révoltes inférieures.

Le lit est là, il m'attend, tout de marbre blanc et frais repassé. Un peu de buis en fera l'agrément.

Piano, tombeau.

Les mines du Nord de la France et les mines du Cap et les mines du Baïkal conversent. La nuit sort de chez elle, vêtue de blanc et parée de billes de verre. Elle se promène lentement dans les jardins et les fleurs tenues éveillées par le souvenir du dernier papillon voient, avec émerveillement, passer cette grande figure pâle aux cheveux noirs dont quatre anges nègres aux ailes rousses tiennent les tresses. Ses pieds marquent profondément leur empreinte dans le sol et les vers luisants, égarés sur les chemins, contemplent longtemps ce souvenir d'un pied charmant présentant la particularité d'avoir deux pouces. Cependant l'Assassinat, fidèle amant de la Nuit, se présente devant sa maîtresse à l'épouvantement du paysage qui voit les deux figures blêmes s'accoler au milieu des fleurs d'aconit. Vierge blonde! O Nuit! tes seins palpitants attirent et repoussent le couteau avide de toi, Assassinat, bel écuyer au dolman bleu de ciel, ton cou inspire le respect aux potences, ainsi qu'il advint à Londres où le bourreau se trancha le poignet plutôt que de te suspendre dans le vide, et l'effroi aux guillotines qui n'imaginent pas sans douleur les ébréchures profondes qui détérioreraient leur lame si celle-ci s'avisait de choir sur ces muscles robustes, en dépit des efforts de Deibler, le sinistre archange à chapeau haut de forme de la vengeance. L'Assassinat et la Nuit s'en vont par les rues des villes et les routes des campagnes. Les chiens, à leur approche, tirent sur leur chaîne tandis que, réveillés en sursaut, les riches fermiers écoutent les majestueux et sinistres pas nocturnes. S'ils osent diriger leurs regards des astronomes convergeant vers eux, puis un nuage bientôt dissipé et enfin la silhouette d'une main aristocratique. Le lendemain matin, en dépit des champs verts, des vignobles prospères, du rouge joyeux des cheminées d'usine, ils iront droit au cimetière accompagnés des objurgations inutiles de leurs proches et du prêtre.

Cependant, l'Assassinat se hasarde sur la mer. La Nuit le contemple longuement. Elle ne voit bientôt plus que son dolman bleu tendre surnaturellement lumineux. Bientôt, reconnaissant les premières lueurs du jour, elle s'en retourne à pas lents vers ses demeures profondes : les bras aux mines de France, les jambes au Baïkal, le corps en Californie et la tête au Cap. Les fourmis humaines respectent les gigantesques fragments de ce corps délicat et continuent leur besogne d'agrandissement des palais ténébreux tandis que, jeune encore, le poète se rendant à l'école voit des archanges nègres aux huit ailes rousses monter lentement vers le soleil. Le laboureur auquel il les montre lui dit que c'est la rosée qui s'élève mais lui, pressentant les mystères décisifs, tombe à genoux près d'un

buisson et médite longuement. Il s'imagine enfin,
chasseur d'Afrique, en dolman bleu tendre, galopant
à travers le Sahara dans l'espoir toujours déçu de
rencontrer l'adorable gorge qu'il faudra cependant
trancher d'un coup de sabre, d'un sec coup de sabre.

Et durant ce temps, le soleil déformé prend la forme
d'un sablier et se retourne. Le poète se dit encore
qu'il aimerait baiser une bouche charnue, il se dit
bien autre chose encore.

Les blés mûrissent.

Les archanges noirs redescendent du soleil.

Minuit, l'heure du crime.

Un ballon flottait au gré du vent, revêtant, ou du
moins je le croyais, tour à tour l'apparence d'un coque-
licot, celle d'une main et celle d'une épée, mais il est
à présumer que le mécanicien du rapide dans lequel
je me trouvais, homme pondéré et, de par sa profes-
sion, habitué à faire la différence entre les formes et
les volumes, m'aurait détrompé.

D'ailleurs, cette cause de dispute disparut bientôt.
En dépit des signaux que les aéronautes échangeaient
avec les voyageurs, le train et le sphérique s'éloignèrent
dans des directions contraires, le premier conservant
le souvenir d'une vertigineuse rondeur, le second celui
d'un sillage de fumée. Mon regard se portant sur la
plaine tranquille et dans laquelle des ruisseaux charnus couraient à la recherche des hauts peupliers dis-
parus depuis qu'un industriel les a coupés et expédiés
en Grande-Bretagne, pays où la pendaison est en
honneur, mon regard découvrit bientôt un mur de
marbre rose au pied duquel gisait une femme nue,
assassinée. Au contour de sa bouche très apparente
malgré la pâleur de mes yeux et la distance de plus

de- dix kilomètres qui nous séparait, on devinait que l'amour avait bourdonné dans cette tête et que, plutôt que succomber dans une idéale étreinte, le bourdon velouté de la poésie avait préféré détruire la ruche, tuer l'essaim des pensées et l'abeille la belle et subtile reine aux doigts roses. Le rapide cependant poursuivait toujours son chemin, précédé tantôt par le chasse-neige de l'inquiétude, tantôt par le fanal de la métaphysique, tantôt par la bande des faisans dorés, les émissaires de la folie. Des ballons sphériques passèrent encore dans le champ de mon regard. Ce dernier découvrit encore des murs de marbre rose, mais jamais plus d'aéronautes ni de femmes assassinées ne redonnèrent à mon âme angoissée la sensation d'une plaine immense, soigneusement cultivée, vide d'humains, sous un ciel violet à une heure éternelle du chronomètre.

Oh! Malheureux! il eût fallu t'envoler par la fumée jusqu'à la rotondité de l'aéronef ou te jeter par la portière et gagner, par champs et fondrières, le cadavre sanglant au pied du mur de marbre rose.

Silence! Silence!

Un ridicule incident faillit transformer le voyage du Sphérique en catastrophe. Une araignée qui s'était dissimulée dans la nacelle effraya si fort les aéronautes qu'ils pensèrent se précipiter dans le vide. Heureusement, l'animal suspendu au bout de son fil se laissa choir de lui-même et les paysans, attirés loin des granges où la battue du blé résonnait sourdement avec un inexprimable écho d'amour, contemplèrent longtemps cette bizarre machine acheminée par des vents de hasard vers un palais inconnu et qui, en guise d'ancre, laissait prendre l'effroyable bête aux yeux énormes, aux pattes velues, au ventre blanc d'ivoire et qui semblait, balancée vertigineusement à chaque oscillation du ballon, marquer le temps d'une pendule étrange, dans le style florissant sous Louis XV et où l'on voit les heures en déshabillé tourner autour d'une mappemonde.

Des navigateurs rencontrés au-delà des côtes leur crièrent à l'aide de porte-voix qu'ils n'avaient jamais vu, du moins jusqu'à ce jour et malgré de nombreuses pérégrinations dans les cinq parties, amarrer des bateaux à l'aide de pieuvres retenues captives par un triple anneau soudé à une chaîne solide. Mais les aéronautes, savoir l'archange Raphaël rouge et l'archange Raphaël blanc, tous les deux en grande tenue de garçon de café, n'entendaient point monter jusqu'à eux la clameur d'étonnement qui bouleversait l'humanité. Les nuages leur tissèrent avec le poil rude des chameaux du crépuscule le plus admirable linceul.

Depuis, le pensionnat du bleu de ciel est éveillé toutes les nuits par la promenade non motivée de deux garçons de café rouge et blanc. Sinistre augure! Vous mourrez vierges, petites filles!

Le chemin de fer roulait dans une plaine marécageuse où les soleils successifs avaient, au fond des mares, laissé un peu de leur fugitif éclat, l'intangible lune gaufré le sol herbu et les étoiles lointaines cristallisé l'extrémité des chardons d'eau qui sont, comme chacun sait, de couleur violette. Mais lune, étoiles, soleils sont des accessoires vulgaires et je ne perdrai pas à les décrire un temps précieux. Le mécanicien du train songeait avec angoisse qu'il venait de « Brûler » le cinquième signal et que la catastrophe ne manquerait pas de se produire au kilomètre 178, marqué par une borne tronconique et une dalle mor-

tuaire constatant qu'en cet endroit, le 17 juillet 1913,
un aviateur du nom de Jean de MARAIS avait trouvé
la mort à laquelle son nom le prédestinait. Cependant, la vierge blonde et la femme jaune, celle dont
nous connaissons déjà les exploits, se livraient au pied
d'un peuplier à de compliqués calculs, à seule fin de
savoir si c'était ton amant ou son amant ou mon
amant ou leur amant le mécanicien du train entraîné
par la négligence vers un télescopage fertile en perte
de vies humaines. Durant ce temps, l'étoile rouge
apparut au-dessus du peuplier. A la portière d'un
sleeping, une autre femme vêtue de rose parut et cria :
« Je suis la reine des accidents. Mes seins bondissants,
mes bras, mon ventre musclé, mes yeux, je les ai rou-
gis dans les plus diverses calamités. Un jour, je me
souviens qu'un naufragé à l'instant même où l'eau
allait emplir sa bouche me surnomma FUNÉRAILLE
et me baisa sauvagement. J'ai gardé par orgueil la
trace de cette morsure... et depuis je vais avec de la
poussière sur mes bottes et des souvenirs d'hommes
au fond des yeux. Inexprimable angoisse où se mêle
le désir tu tords, comme il convient, tous ces amants
d'un soir. Je chemine par la plaine où les chardons
violets donnent à imaginer de sanglantes luxures et
les libellules, reconnaissant une sœur en chacune de
mes prunelles, m'environnent de bourdonnements. Je
suis la reine des accidents. Je préside à vos rencontres,
amants tourmentés et maîtresses que torture le souvenir de l'amant précédent. Je suis la reine des accidents. Ma bouche, à l'instar des pianos, recèle des
sons limpides et, quand je lui permets de parler, nul
ne résiste à l'éclat spontané de mes rouges gencives
et de mes petites, mes si petites incisives. »

Les dents des femmes sont des objets si charmants
qu'on ne devrait les voir qu'en rêve ou à l'instant de

la mort. C'est l'heure où, dans la nuit, les mâchoires délicates s'accouplent à nos gueules, o poètes! N'oubliez pas qu'un train se précipite, tous signaux brûlés, vers le kilomètre 178 et que, dans la nuit, nos rêves en marche depuis de longues années sont retardés par deux femmes nues qui parlent au pied d'un peuplier. Aussi vrai que nous étions en puissance dans la première femme, nos rêves étaient en puissance dans le premier rêve. Depuis notre naissance, nous travaillons à marcher côte à côte, une nuit, ne fût-ce qu'un fragment de mesure du temps. Notre âge est l'infini et l'infini veut que la rencontre, la coïncidence ait lieu aujourd'hui dans un wagon roulant vers la catastrophe. Enfermons-nous, ô poètes! Voici que la porte invisible s'ouvre sur la campagne et qu'un orgue, oui un orgue sort d'une mare. Sous les doigts de la femme blonde, laquelle a les membres palmés, je m'en aperçois pour la première fois, il retentit d'un hymne d'allégresse. Marche nuptiale de nos reflets oubliés dans une glace quand la femme que nous devrions rencontrer et que nous ne rencontrerons jamais vient s'y mirer. Marche nuptiale des mains coupées en ex-voto quand la mort, nous offrant son plein panier de violettes, consent encore une fois à tirer notre horoscope. Aux sons de l'orgue, les portes des hangars d'aviation s'ouvrent et, vrombissant, partent vers le large les volumineux dirigeables.

Tiré de son sommeil, l'aviateur enterré au kilomètre 178 détourne les rails trente secondes avant l'arrivée du rapide et l'aiguille sur la lune. Le train passe avec son bruit d'enfer. Il fait ombre sur notre satellite et disparaît, comme un chant de mécanicien de paquebot entendu au cœur d'une ville du Sud par T. S. F. et par erreur. La vierge blonde tire une aiguille et coud un petit sac rempli de dents fraîchement arrachées. Elle le lance vers les étoiles qui s'en-

fuient et le ciel désormais ressemblera à une immense
et adorable mâchoire de femme. Cette femme qui
passera devant ce miroir une heure après moi. L'aviateur se rendort et dit : « J'ai du temps à perdre. »
L'étoile rouge, l'étoile rouge, l'étoile rouge disparaîtra
au lever du soleil.

Ceci est une nuit d'été bien calme sur un marécage.
Une cloche sonne, 1, 2, 3.
Belle blonde aux lèvres rouges !

Le roi d'une peuplade nègre de l'Océanie trouve
sur une plage un sceptre d'or, échappé des mains
débiles d'un monarque du Nord et, par la fantaisie
des flots, échoué sur cette île. Il le soulève avec effort
et regagne sa capitale perdue entre les feuilles et les
lianes. Un historien qui notait dans son cabinet, à
Paris, les détails de la vie et de la mort du roi Karl,
se met en route vers une paisible ville d'eaux où l'attend celle qui l'aime et qu'il aime, de dix-sept ans
moins âgée que lui. Dans la valise cependant, un petit
rossignol essaye les costumes de l'historien et estime
qu'ils sont d'assez bonne coupe. Un orage éclate. Le
roi nègre implore ses fétiches, l'historien s'endort, le
rossignol chante et réveille l'historien.

Ridicules événements ! mais il n'y a pas de quali-
ficatif pour la Destinée. Elle mène l'historien par sa
redingote, le roi nègre par son sceptre et le rossignol
par le plumage. Le tonnerre tombe sur le sceptre et
tue le roi ; la boue recouvre le joyau ; l'historien veut
faire taire le rossignol, crie, se rompt une veine et
meurt, et c'est le neveu qui hérite d'une valise conte-
nant un rossignol. Tout d'abord, charmé par ses vives
couleurs, il le ranime dans le creux de sa main et
installe enfin dans sa modeste chambre le modique

héritage de son oncle l'historien. Puis il part pour la paisible ville d'eaux où il rencontre une femme de son âge.
(N'a-t-il pas dix-sept ans de moins que son oncle?)
Ils s'aiment et un jour se possèdent dans la pauvre
chambre, devant le rossignol qui chante. Quand LUI
se relève, ELLE est morte. Il la fait dignement enter-
rer. Mais l'odeur, l'odeur de la morte reste. Il demande
aux livres le secret de ce parfum : ils ne le lui révèlent
pas. Le rossignol lui remémore l'Océanie. Ils partent.
Ils arrivent dans l'île du roi foudroyé. Il marche sur
la boue où dort le sceptre du roi Karl et continue
son chemin. Il ne trouve pas le parfum, mais des
bananes. Il établit un comptoir et fait fortune. Il
revient en France où il est reçu dans la meilleure
société. Il donne un jour son rossignol à une dame
qui le présente à son mari :

— M. Georges Dubusc, tu sais, le neveu de M. Dubusc qui a écrit cette belle histoire du roi Karl.

Le rossignol chante dans sa cage. Pour sa peine,
on l'appelle Arthur.

C'est l'histoire de trois pots de fleurs à une fenêtre
à laquelle les ombres de minuit donnent l'apparence
d'un théâtre sinistre au fond du paradis quand, les
élus dormant dans leur lit blanc, les nuages se donnent
le plaisir de reprendre leur forme humaine et de danser à l'effroi des cieux vides que trois ripolineurs
remettent à neuf en pressentant le terrible réveil de
la foudre dans les mains de Dieu gantées de chamois
vert. C'est l'histoire d'une lettre d'amour perdue par
le facteur au coin de la rue Montmartre et de la rue
Montorgueil et dont l'absence cerne les yeux d'une
petite fille de seize ans dans une mansarde tandis
que, désespéré, son amant, attendant vainement une

réponse, fréquente les dancings où il fait connaissance
de l'Argentine qui l'entraîne dans son amour, sa fatalité et son suicide. C'est l'histoire d'un sculpteur qui
découvre soudain, à fouiller une terre rouge, que son
ébauchoir a la forme d'un couteau d'assassin et que,
du point de vue de la noblesse morale, il est aussi
légitime de précipiter des formes palpitantes dans le
silence et la rigidité squelettique que de douer l'in-
forme matière d'un simulacre de conception. Il se
glisse alors dans les ruelles et les impasses et, chaque
matin, les petites orphelines vouées à Marie et vêtues
de bleu tendre croisent, en se rendant à la messe,
sous la conduite d'une sœur de charité blonde qui
dissimule de terribles secrets sous sa cornette, six brancardiers portent trois cadavres sur des civières et si,
avant de pénétrer dans Saint-Eustache, elles lèvent la
tête, elles remarquent à une mansarde trois pots de
géranium. Les orgues pourront faire rôder autour
d'elles les lionnes robustes du recueillement, l'encens
piquer des fleurs jaunes dans le jardin anglais de la
mysticité, rien n'y fera : elles rêveront à leur rêve de
la nuit précédente et, en particulier, au cri d'une
locomotive entendu en sursaut vers deux heures du
matin.

Caché parmi les pauvres, un facteur se recueillera.
Il demandera aux saints oubliés depuis l'époque ensoleillée de sa première communion la raison d'un
remords inexprimable qui le poursuit toutes les fois
que passe entre ses mains une enveloppe adressée
d'une écriture violette à une jeune fille de la rue Montorgueil, enveloppe qu'il présente à la concierge dont
il reçoit invariablement la réponse « Décédée » sans
pouvoir la fixer dans sa mémoire en dépit de la ten-
ture noire surmontée de la lettre T en argent qui
décora le porche un matin de février. La sœur blonde
et lui échangeront l'eau bénite sans en tirer d'autre

consolation que l'espoir d'une noyade accidentelle dans un fleuve resserré entre des quais de bitume, dans un fleuve retentissant du plongeon d'un corps, celui d'un sculpteur portant au cœur la pesanteur volumineuse d'une statue imitée du grec avec une légère influence égyptienne.

Pauvres, pauvres vies! Moi, je suis amoureux de l'Argentine. Elle danse parmi la soie des lumières et l'éclat de sa robe. Son corps est flexible. Elle danse. Elle a des mains longues.

Mon Argentine emmène-moi dans la lumière! Tu toucheras du bout des doigts les bougies des pauvres, et elles s'allumeront, tu souffleras sur les yeux des hommes dont je suis jaloux et ils se fermeront. Argentine! emmène-moi jusqu'à la jetée blanche et le beau, le magnifique pays de la lumière.

Par les soins d'une femme aimée, le sommeil se revêt de notre corps ainsi qu'un beau serpent qui, tandis que le soleil, les lianes, les moustiques et la désagréable odeur des palétuviers morts dans un peu profond marécage énervent les lionnes rousses, revêt lentement sa nouvelle et humide parure, sa peau neuve de l'année commençante, identique au touchant éphéméride que les comptables remplacent tous les 2 janvier (et non le 1er car c'est jour férié) au mur de leur bureau et qui témoigne en leur présence incompréhensive du déroulement mathématique et illusoire de l'éternité avec un cortège de conquérants théâtralement dressés devant les monuments funéraires où un ange de pierre penche son urne de larmes sur une colonne tronquée de personnages historiques agonisant lentement en présence d'un historien, de batailles symétriques et de traités signés avec des

plumes de paon par des plénipotentiaires chamarrés
dans un salon étincelant, le sommeil, dis-je, se revêt
de notre corps tandis que la femme aimée qui l'introduisit dans notre couche s'étonne du changement
funèbre survenu sur notre physionomie, de la relative
rigidité de nos membres et de notre indifférence apparente aux paroles qui d'habitude nous rendent plus
songeurs que les hauts lampadaires dans les avenues
désertes aux premières heures ténébreuses de la journée. La femme se lève alors et pensivement va s'accouder à la fenêtre où notre rêve va la suivre tandis
que la rue déserte retentit par instants du poussif
cheminement des taxis-autos et du pas languissant
d'un sergent de ville. Un instant sa forme blanche
se balance dans l'air, à la hauteur du troisième étage,
et le jeune noctambule frappé par cette apparition,
croyant à la chute d'une étoile filante, formule à
haute voix son rêve le plus cher : le sommeil dans un
rocking-chair sur une terrasse.

Il est deux heures du matin. C'est le sommeil et
son bruyant cortège de chevaux bigarrés. La femme
aimée conduit par les sentiers d'une forêt profonde,
un orphelinat de petites filles bleu de ciel. Un musi-
cien éveillé collectionne, grâce à l'extraordinaire finesse
de son ouïe, les différents bruits des clefs dans les serrures et compose immédiatement la plus belle musique
qui soit.

Demain, la femme aimée dansera sur cet air.

La porte de la chambre s'ouvre : l'archange Raphaël
rouge entre, suivi par l'archange Raphaël blanc.

C'est le sommeil, c'est le sommeil et son bruyant
équipage de lionnes rousses et d'automobiles.

C'est le sommeil.

« Ci-gît celui dont la parole avait la forme des grandes fleurs septentrionales et qui retint dans ses bras robustes la fauve et délirante maîtresse, la femme rouge comme le Rouge et le corail qui est bleu en réalité mais auquel, en raison même de son attitude torturée, la profondeur de la poésie confère cette couleur propre à l'excitation des taureaux. »

Bizarre épitaphe, pensais-je à part moi, bizarre. Mais qui dira la sublime ironie de certains défunts qui n'hésitèrent pas à faire de leur testament un sujet de honte pour leur famille et de leur mémoire un motif de risée pour la postérité. J'imagine aisément la stupeur qui frappa l'ouvrier quand on le chargea de graver par le burin cette phrase mystérieuse dans le granit arraché à quelque promontoire hérissé et taillé en forme de parallélépipède et non de socle... Glorifie-toi granit! Alors que pointu de toute part, les divinités marines ouvraient sur toi leur sexe baveux, pêle-mêle avec des poissons de grande taille et des navires en détresse, tu resplendissais d'une magnifique horreur et le pèlerin, le solitaire et le marin, contemplant ton sommet pareil alors à une dent, une griffe ou une défense d'éléphant, quant à la forme et seulement à l'instant du ruissellement de l'écume quant à la couleur, sans pressentir ta future forme régulière aux huit arêtes, aux huit angles dièdres et rectangles abstraction faite de la perspective se demandaient quel plus beau rôle la nature aurait-elle jamais pu te conférer en égard à une tache rose qui te surmontait et dont ils ne pouvaient dire s'il s'agissait de sang, de soleil fugitif ou de corail qui est bleu en réalité mais qui devient rouge grâce à la profonde poésie, cette robuste maîtresse, cette femme fauve qui s'attarde à l'excitation des taureaux que la fureur océanique et les poulpes de tes parages natals n'auraient pas effrayé, quand je sais, moi, que cette tache rouge à ton sommet te donnait l'aspect du plus beau sein, ô granit!

Mais, ô granit, ne regrette pas ta majesté terrible au bas de la falaise. Aujourd'hui que, taillé, tu reposes en ce cimetière, presse-papiers sur un mort peut-être devenu papier grâce à l'utilisation des pourritures dans la fabrication de cette matière et peut-être même celui sur lequel j'écris cet éloge, tu revêts la plus sereine majesté, grâce à ce mort qui voulut emporter dans le silence jusqu'à son nom et confier aux modestes échos du voisinage l'arrière-son d'un terrible et satanique éclat de rire.

Paris, avril 1924.

DU MÊME AUTEUR

*Cet ouvrage
reproduit
par procédé photomécanique
a été achevé d'imprimer
dans les ateliers de la S.E.P.C.
à Saint-Amand (Cher), le 15 janvier 1982.
Dépôt légal : 1er trimestre 1982.
N° d'édition : 29140.
Imprimé en France.
(1539)*